"El imperio de un miserable"

MARCIAL LAFUENTE
ESTEFANÍA

Lady Valkyrie
Colección Oeste®

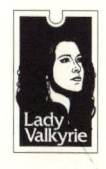

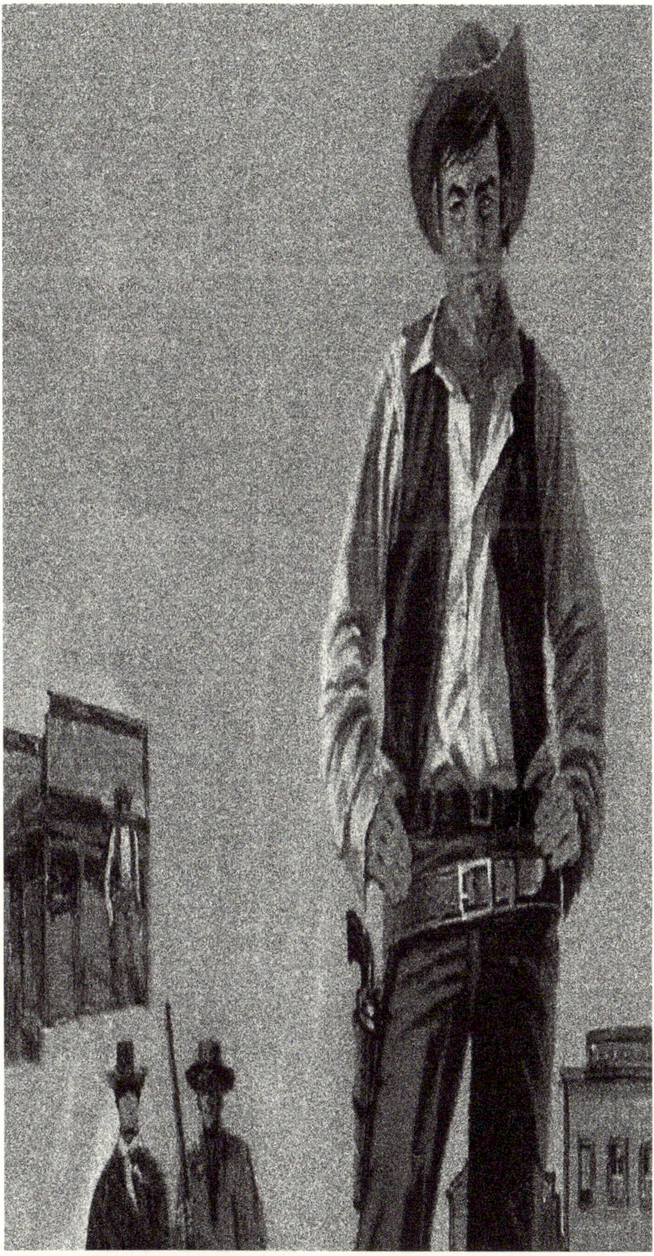

Lady Valkyrie, LLC
United States of America
Visit ladyvalkyrie.com

Published in the United States of America

Lady Valkyrie and its logo are trademarks
and/or registered trademarks of Lady Valkyrie LLC

Lady Valkyrie Colección Oeste is a trademark
and/or a registered trademark of Lady Valkyrie LLC

All rights reserved. No part of this publication may be reproduced,
stored in a retrieval system, or transmitted, in any form
or by any means, without the prior explicit permission
in writing of Lady Valkyrie LLC.

Lady Valkyrie LLC is the worldwide owner of this title in the Spanish
language as well as the sole owner and licensor for all other languages.
All enquiries should be sent to the Rights Department at
Lady Valkyrie LLC after visiting ladyvalkyrie.com.

First published as a Lady Valkyrie Colección Oeste novel.

Design and this Edition © 2020 Lady Valkyrie LLC

ISBN 978-1619517073

Library of Congress Cataloguing in Publication Data available

Índice por Capítulos

Capítulo 1.................................7
Capítulo 2...............................17
Capítulo 3...............................27
Capítulo 4...............................39
Capítulo 5...............................51
Capítulo 6...............................61
Capítulo 7...............................71
Capítulo 8...............................81
Capítulo 9...............................91
Capítulo Final.........................101

Capítulo 1

El hombre se encontraba sentado cómodamente en el sillón. Tenía sobre la mesa muchos papeles que miraba con atención.

Estaba haciendo tiempo hasta que llegase la hora de comer.

—¡Patrón...! —gritó Peter, el capataz de John Abbey.

—Estoy aquí, Peter —respondió el aludido.

Entró el capataz hasta el despacho desde donde había respondido su patrón.

—¿Qué pasa...? ¿Estás nervioso...?
—Es para estarlo.
—No comprendo...
—Han llegado noticias de Santa Fe.
—¡Y qué...! —dijo John, sonriendo.
—La Corte Suprema ha fallado a favor de los Rivers. Y el fiscal general ha decretado conformidad

con ese fallo. Mister Cleveland está asustado. Me ha dicho que vendrá más tarde a verle.

—Debe tranquilizarse, ya que nunca me harán salir de estas tierras.

—El abogado dice que ya no se puede hacer nada más... Las autoridades superiores son las que han fallado en su contra.

—Has debido decirle que aquí, la ley, soy yo. No hay quien se atreva a hacerme salir de esas tierras que son mías. Ya veremos si hacen salir a los colonos a quienes he vendido la tierra que tienen.

—Venta que no se debió hacer.

—Lo que tienes que hacer, es preocuparte del ganado. Es tu misión.

El capataz dio media vuelta y se alejó sin añadir una palabra.

John, se acercó a la puerta de entrada. Se acercaba un jinete.

—¡Hola, abogado...! —Dijo John—. ¡Pareces preocupado!

—¿No te ha dicho Peter lo que pasa?

Sí y no debemos preocuparnos.

Entraron los dos en la vivienda.

—¿Has desayunado?

—Desde luego. Es hora casi para almorzar.

—Me he levantado tarde... ¿Qué es lo que pasa? Peter está muy asustado. Claro que se asusta por nada.

—Pues en esta ocasión, su miedo está más que justificado.

—Pero, en definitiva, ¿qué sucede?

—Que el fallo de la Corte Suprema te obliga a devolver las tierras que te apropiaste, a sus legítimos dueños: los Rivers.

—Según el Juzgado, me pertenece toda esa tierra.

—Todo lo que se amañó en este Juzgado, no sirve para nada. El Registro de Santa Fe, es el que manda. La sentencia es inapelable. La situación es muy delicada.

—¡Sois miedosos! ¿Quién se atreverá a hacerme salir de esta casa y de estas tierras?

—Las autoridades.

John se echó a reír a carcajadas.

—¿De veras...? —exclamó.

—No lo dudes.

—¡Si dices al sheriff que tiene que venir a darme una noticia así, se muere del susto! Claro que, si viene, muere de otra cosa...Tienes que convencerte, abogado, que aquí, en todo este distrito, no hay más ley que la mía.

—Ese es el gran error. Pasó la época en que un personaje, podía hacer eso. Prueba de ello, es que por mucho que han presionado los amigos de Santa Fe, no se ha conseguido nada. Se ha retrasado tres años, pero, al final, no ha servido de nada.

—Nadie se atreverá a echarme.

—Las autoridades no tendrán más remedio que obedecer a las de Santa Fe.

—¿No eres el abogado que me dijo que estaban sin registrar todas estas tierras y que podía hacerlo a mi nombre? Fue tu consejo.

—No pensé que estuviera registrado en Santa Fe hace tantos años. No investigamos tan atrás.

—Debe de haber alguna solución. ¿Dónde están los que reclaman?

—No necesitan hacer acto de presencia. Sus abogados son los que han conseguido el fallo que estamos comentando y hay que acatar.

—No insistas. No pienso hacerlo.

—Es que será una locura. La situación es más delicada de lo que imaginas. Has hecho parcelas y vendido una tierra que no te pertenece.

—Estaba sin registrar.

—¡Eso es lo que creímos, pero no es así! Los colonos que pagaron por las tierras que les cediste, te acusarán de estafa cuando las autoridades te obliguen a entregar la tierra de la extensa propiedad de los Rivers. Tendrás que salir de esta casa.

—Esta casa la mandé construir yo...
—En terrenos de los Rivers. Y las has amueblado con todo lo que había en la casona.
—Eres abogado. Tienes que encontrar la forma para que todo quede como ahora.
—¡No hay ninguna solución! Tienes que convencerte. Todo lo que he conseguido, ha sido retrasar esta solución los tres años que ha durado el pleito... Te he aconsejado que no vendieras más parcelas, pero no has hecho caso... No hay otra solución que devolver todo el dinero a los colonos, si ellos aceptan y se conforman...
—¿Devolver el dinero...? ¡Tienes que estar loco...!
—No veo otra solución. Y no esperes que tu amigo consiga arreglar esto.
—Sabes que Hank consigue lo que quiere. Es el que ordena y manda en la capital.
—Lo ha estado haciendo durante mucho tiempo, pero las últimas noticias indican que el nuevo gobernador es distinto al anterior... Con éste no se puede jugar. Tu amigo es el mayor representante de lo que ese candidato odiaba y aseguraba que iba a corregir.
—Todos hablan mucho antes de llegar a la residencia. Una vez allí, cambian. No hace tanto que he estado en Santa Fe. Todo sigue igual. Mi amigo sigue controlando toda la ciudad.
—Este nuevo gobernador, no lleva mucho tiempo. Aún no se puede saber cuál será su actitud. Yo diría que ahora empieza a orientarse.
—No pasará nada. Ya lo verás.
—No le des vueltas. Esto no tiene solución. Hay sentencia firme y que ya no se puede modificar. No tardarán en darte la orden con plazo para que abandones estas tierras. Tú te quedarás con lo que compraste y que son mil acres, que es una buena propiedad... Ella te ha permitido crear esa asociación de ganaderos que diriges y en la que no has conseguido incluir a los que más te interesan.

Ni has podido comprar los ranchos y granjas que sabes serán afectados por el nuevo ferrocarril. Y eso que los propietarios no sospechan la razón de tu interés... Aunque has enviado a terceras personas para ofrecer buenas cifras, saben que es cosa tuya y no te venderán. Creen que quieres los terrenos porque hay plata.

—Todo ese valle hace falta para la asociación.

—No es a mí al que debes convencer. Pero ahora, lo que importa y debe preocuparte, es la sentencia del Supremo, avalado por la sentencia de Washington. Nadie te va a poder ayudar en esta ocasión.

—¿Y si desaparecen los documentos del Registro Central?

—Es muy tarde para ello. Aunque desaparecieran ahora, no se conseguiría modificar la situación. Los han visto todos.

—¡Eso habrá que verlo...! Podría decir que me marcho y mientras yo esté ausente, no podrán obligar a mis empleados, ¿no es así?

—¡Es una buena solución, pero sólo sirve para retrasar unas dos semanas...! No habrá más demora. Las autoridades no son tan tontas cómo crees.

—Ya verás como no se atreven a notificarme esa sentencia.

—No por ello deja de existir.

—Ya pensaré en alguna solución. Ahora hay que ocuparse de que entren todos en la asociación de ganaderos.

—Ya sabes que la cosa se está agriando cada día más...

—Tendremos que obligarse a la fuerza. A los cobardes, se las combate con fuego. Así haremos que me obedezcan.

—Vais a desencadenar una guerra terrible. Porque si pensáis detenidamente, son más que vosotros. Y si les obligáis a empuñar las armas, será algo espantoso.

—¿Es que tratas de asustarme...? —Preguntó

John, riendo.

—Trato de hacerte ver la verdadera situación, en la que vosotros no pensáis... A pesar que tienes vaqueros caballistas de cien dólares, que todos saben que son pistoleros, y los que tiene Teo, finalmente no podréis con todos esos ganaderos que se resisten a entrar en tu asociación.

—Nos reiremos de ellos.

—¡Los dos estáis muy equivocados...! Con la ley, es difícil luchar. Ya sé que todavía sigues mandando y que todos te obedecen. No te fíes demasiado. Todo está supeditado a lo que haga el equipo del nuevo gobernador. Veo en peligro la asociación.

—¿En peligro?

—Sí. Los ganaderos que no están en ella, han vendido su ganado a cuatro centavos más en libra. Los asociados se preguntan qué es lo que ganan estando en la asociación. Les habéis estado pagando una miseria. Se ha descubierto la verdad del pago.

—Tenemos muchos gastos. Los caballistas, mi sueldo, el del secretario...

—Eso es lo que hará que la asociación se hunda... Habla con los ganaderos. Ya están diciendo que los caballistas no son necesarios, porque los vaqueros de cada uno son más que suficientes para carear las manadas que se lleven a vender... Te aseguro que se está tambaleando la asociación.

—¿Quién ha dicho que pagan cuatro centavos más en libra?

—Los que acaban de regresar de vender su ganado. Esa manada nunca debió llegar al punto de venta.

—Si quieren que los caballistas «trabajen», que no nos culpen más tarde a nosotros.

—La verdad, John, es que todo se está poniendo mal.

—Ya verás como no pasa nada.

Poldy Cleveland, el abogado, regresó al pueblo. Entró en el saloon de Bill Chandley, que miró al visitante con una leve sonrisa en los labios.

—¿Qué dice John...? —preguntó al acercarse el abogado a él.

—Está equivocado. Cree que no le van a sacar de estas tierras y casa.

—Pues si él se obstina en no salir, no veo quién será el que se atreva a obligarle.

—Le obligará la ley.

—Pues si él se niega...

—Sería una estupidez, porque el juez puede solicitar la ayuda de los militares. Y con éstos no valen bromas.

—¿Es cierto que pueden intervenir los militares?

—Desde luego.

—En ese caso, es una tontería por su parte, no obedecer.

—Es lo que he tratado de hacerle ver, pero es bastante tozudo. No se da cuenta de su situación... Lo que le asusta, es lo de la venta de unos terrenos que no eran suyos. Ahora, los compradores le van a exigir que aclare la situación y que les devuelva el dinero pero con intereses. Se gastaron mucho en poner esas tierras en condiciones de producir.

—Desde luego que tendrá un grave problema.

—Sí... Es delicada la situación.

—¿Viven por aquí los verdaderos propietarios...?

—No... Viven lejos, pero han tenido sus abogados en la capital, y han conseguido la sentencia que no podía ser otra. Lo que hemos conseguido nosotros, es retrasar con varias apelaciones, el resultado. Pero ahora, no hay más remedio que obedecer.

—No creo que obedezca. Cuenta con un equipo que conocemos bien aquí. Todos les temen. Ni el juez ni el sheriff se van a atrever a enfrentarse a él. ¡Ah...! Suele presumir de tener la casa más suntuosa, ¿es cierto?

—Sí. Se llevó todo lo que había en la casona.

—Habla mucho de la colección de cuadros que tiene en la verdadera mansión que se mandó construir... Nadie le conocía antes de llegar aquí.

Se presentó diciendo que era el dueño de todo ese terreno.

—Bueno... La verdad es que estaba de acuerdo con el juez que había entonces. Creyó que estaba sin registrar esa inmensa propiedad... Y lo hizo a nombre de Abbey, cobrando los derechos correspondientes.

—¡Pero si todos aquí sabían que pertenecía a los Rivers...! Lo que pasó es que esta familia hace mucho tiempo que no aparecieron por aquí y no se preocuparon nada de esa propiedad. Se lo dije pero nunca quiso escucharme.

Dejaron de hablar por la entrada de unos clientes.

Vaqueros de John. Que eran más temidos que respetados.

—¡Hola, abogado! —Dijo uno de los vaqueros—. ¿Es verdad que ha dado una mala noticia al patrón?

—No será cierto que vamos a tener que abandonar el rancho, ¿verdad? —dijo el otro.

—Es lo que tendréis que hacer.

—¡Supongo que no lo dice en serio! Usted es el abogado que se encargó de defender los derechos de mi patrón.

—Pero la sentencia del Supremo, es contraria a que siga en el rancho... No tiene más remedio que obedecer.

—¡No espere que lo hagamos...!

—Eso, ya no es asunto mío. Ya le he informado del resultado de la última apelación. Lo que pase a partir de ahora, es entre las autoridades y John.

—¡Que vayan donde los colonos a decirles que tienen que abandonar las tierras que pagaron por ellas y que tienen escrituras sobre las mismas...!

—Problema que no me atañe —dijo el abogado, sonriendo—. El problema es de John solamente. Mi misión ha terminado.

—Tendrá que seguir defendiendo los intereses del patrón.

—Ya no hay a quien apelar. El juez actual no

es el que había cuando él se hizo dueño de esas tierras. Le quedará el pequeño rancho que compró a los Smith. El resto tendrá que abandonarlo. Los verdaderos propietarios vienen a hacerse cargo de ello.

—No vamos a salir de aquí... Quiero decir, del rancho.

—Repito que esa decisión es asunto de John. No creo que se resista. Es lo que yo le he aconsejado.

Capítulo 2

John presidía la Asociación Ganadera. Dominaba todo el condado.

Algunos comentaban que él era mucho más cruel que los jinetes que trabajaban para él y que hacían temblar con su presencia.

Si entraban en un local, todos los que estaban en el mostrador se separaban del mismo al verles aparecer. Sabían que de no hacerlo, romperían los vasos y les castigarían.

Habían sabido imponerse a base de abusos y de castigos... Solían correr la pólvora y los vecinos se veían obligados a meterse en sus casas y cerrar las ventanas.

John se reía cuando le informaban de esos abusos. Decía que les llamaría la atención, aunque todos sabían que era orden de él.

Los abusos de estos vaqueros aumentaron al

saber la sentencia, aunque oficialmente John no lo sabía a pesar que hacía más de tres semanas que le informó el abogado.

Lo que pasaba, era que el juez no se atrevió a comunicarlo, porque tenía miedo a la reacción violenta. Sabía que era capaz de arrastrarle si se lo decía.

Lo que hizo el juez fue dar cuenta a Santa Fe del problema que había con los colonos que estaban en esas tierras motivo del pleito.

John sabía que lo que le dijo el abogado era cierto. Pero como el juez ni el sheriff le dijeron nada sobre ello, mandó que el equipo se excediera en sus salvajadas, seguro que así no se atreverían las autoridades a intentar hacerles salir.

Todos lo sabían pero nadie se atrevía a decir nada.

En la asociación de ganaderos estaban la mayoría de los rancheros. Y en la reunión que celebraron cuando ya se sabía el resultado del pleito entre John y la heredera de los Rivers, no comentaron una sola palabra sobre ese asunto.

John tenía una buena ganadería, aunque por vender en parcelas el inmenso rancho de los Rivers, no era lo importante que podía ser de haber dedicado todo ese terreno a la cría de reses. Se comentaba en voz baja, que la ganadería que poseía, procedía de los mismos a quienes vendió el terreno.

Había mucha falta de ganado en el condado y se culpaba, pero en voz baja, a John, sin que nadie se atreviera a decirlo abiertamente.

Era pánico el que tenían a ese equipo, que estaba formado en parte por los caballistas, que a la vez, estaban al servicio de la asociación, con lo que tenía servidores que pagaban los asociados.

La casa que mandó construir John era como una fortaleza... No había forma de que llegase nadie, sin haber sido detenidos por los guardianes que vigilaban.

El abogado fue llamado por John y cuando acudió a la casa, le dijo:

—No quiero que sigas hablando de la sentencia. ¿Entendido? Un comentario más, por tu parte, y te cuelgan los muchachos. Sólo quería decirte esto. Puedes retirarte.

No le dejó hablar una sola palabra. El abogado regresó al pueblo aterrado. Conocía la crueldad de ese hombre y sobre todo de los que le servían de una manera fanática.

Un amigo que estaba en Silver City le habló meses antes que podría defenderse muy bien en la ciudad minera. Pensó en esos momentos marchar hacia allí para conocerlo. Un viaje de unos días... Estaba decidido a alejarse de allí y de John. Hasta entonces le había defendido, sabiendo que era una injusticia. No quería seguir como su abogado.

Llegó a su casa y preparó el viaje a Silver City... No quería esperar más. Sabía que en cuanto le comunicasen oficialmente a John que tenía que salir de esas tierras, le mandaría llamar a él para que se enfrentara al juez.

Conocía las horas de salida de las distintas diligencias, así que no se movió de casa hasta unos minutos antes. No quería que informaran de su marcha a John y que enviara a sus esbirros para obligarle a ir ante él para preguntarle por qué marchaba.

Lamentaba no haber podido hacer hablar a Brenda, la empleada del saloon de Bill. Estaba seguro que esa muchacha conocía a John de antes. Le hubiese gustado tener algo en su poder que pudiera asustar a John.

Estuvo recogiendo lo que le interesaba llevar, para, en el caso de que le conviniera quedarse en Silver City, no tener que regresar. Pero si no le gustaba esa ciudad, iría más al Norte. Estaba decidido a no volver.

Tres minutos antes de partir la diligencia se presentó en la posta. Cuando el vehículo se puso en marcha, quedó tranquilo y respiró con satisfacción.

A nadie le extraño su viaje porque sabían que viajaba con frecuencia. Su profesión le obligaba a realizar este viaje muchas veces.

John llamó a su capataz después de marchar el abogado y le dijo:

—No me gusta la actitud de Cleveland. Está de acuerdo en abandonar todo esto.

—Te he dicho muchas veces que ese abogado no es de confianza... Es posible que los Rivers le hayan ofrecido una buena cantidad.

—Tienes razón... Tal vez es lo que ha permitido que descubran la verdad de lo que se hizo en este Juzgado.

—Ha sido él quien descubrió la verdad.

—Sí... Creo que tendremos que hablarle de una forma que le haga comprender que, como abogado mío, está obligado a enfrentarse con esa sentencia y conseguir, como sea, que la ejecución de la misma se retrase dos o tres años, lo mismo que pasó con el pleito. Un año más es suficiente para que ultimemos el asunto de la plata en este rancho... Hay dos sociedades interesadas en hacer las explotaciones. La que más pague será la que se quede con ello.

—Si se sabe lo de esa sentencia, no tratarán con nosotros. Lo harán con esa joven.

—Lo que debe hacer esa muchacha, es presentarse aquí —dijo John, riendo—. Yo la convenceré para que seamos socios. Y cuando hayamos firmado el compromiso, no será extraño que una joven no acostumbrada a esta tierra, tenga un fatal accidente. Dicen que vive en el Este.

—No creo que ella se atreva a venir.

—Considera que todo está arreglado. Y viene a su casa... Claro que vendrá...

—¿Qué pasa con la viuda?

—Se sigue negando a entrar.

—¿Qué dice Thomas...? ¿No aseguraba que la viuda y él...?

—Lo dice pero estoy seguro que miente.

—Lo que pasa es que Thomas, si es cierto que llega a casarse con ella, va a querer todo para él.

—No creas que no he pensado en ello.

—Y si se casa, será él quien intervenga directamente.

—No se atreverá a enfrentarse con nosotros. Ella es muy terca. Nunca le dejaría que tomase el mando.

—La viuda suele decir que Jorge hablaba muy mal de la asociación, diciendo que las agrupaciones ganaderas no eran más que un grupo de cuatreros.

—De haber sabido que hablaba así, habría muerto antes —comentó enfadado John.

—La verdad es que la asociación no marcha como debería...

—Lo que pasa es que los asociados que tenemos son los que menos ganado tienen. Y los gastos de los caballistas gravan tanto que las reses resultan a mucho menos precio que las que llevan los ganaderos directamente... Es lo que produce un malestar que terminará con la baja colectiva de todos los socios.

—No creo que se atrevan a ello.

—Se atreverán porque saben que los demás están obteniendo mejores precios. No hay más remedio que despedir a los caballistas —dijo John.

—Sabes que son necesarios.

—No sirven para nada. No nos engañemos. Tenemos pocas reses en los corrales. Pero no hay que terminar con la asociación. Servirá para algo más importante.

—¿Por ejemplo...?

—La plata. Con la asociación nuestros especialistas pueden entrar en los ranchos.

—No pueden saber la verdad sin hacer excavaciones, y ellas llamarían la atención.

—Buscaríamos el motivo. Tiene que haber mucha plata por aquí.

—Pero es difícil determinar dónde la hay en

cantidad suficiente para una explotación.

—El rancho de la viuda...

—Thomas dice que no ha encontrado la menor huella.

—No hay que confiar mucho en lo que diga Thomas... Si aparece plata querrá que sea para él. Lo mismo que está vendiendo ganado por su cuenta. Engaña a la viuda.

—Tiene varios amigos... Comentan que son huidos y reclamados...

—Es lo que dicen también de nuestros caballistas —dijo riendo John.

—Creo que en ambos casos tienen mucha razón los que opinan así... No tengo duda que sumaría una buena cantidad lo que ofrecen por el pasado de estos caballistas.

—A nosotros nos vienen muy bien... Hay que decir a Thomas que deje entrar en el rancho a los que pueden hacer una buena exploración en esos terrenos.

—La viuda suele cabalgar en todas direcciones... No sale del rancho, pero lo recorre con frecuencia.

—No sale del rancho porque la familia de su fallecido esposo no está de acuerdo en que sea ella la heredera.

—Pues según dice Thomas, no se puede evitar. Lo ha dejado tan bien hecho el esposo que no se puede discutir el derecho a la propiedad que tiene ella.

—¿Es verdad que la encontró en uno de esos locales de El Paso?

—Parece que es cierto. La familia del esposo no cesa en consultar con abogados y en hacer la vida difícil a la muchacha, que es una verdadera belleza.

—Dicen que los hermanos del muerto asediaron a la muchacha en vida del esposo.

—Es que como sabían su origen consideraron que sería sencillo...

—Y resultó que se engañaron.

Mientras, en el Juzgado se comentaba la

notificación recibida sobre el resultado en la Corte Suprema sobre el pleito entre John y la familia Rivers.

—No me atrevo a avisarle. Si alguien nos pregunta, lo mejor que podemos decir, es que no hemos recibido esta notificación —dijo el juez.

El secretario, que tenía tanto miedo o más que el juez, estuvo de acuerdo en ocultar la notificación.

Para John era una sorpresa que no le dijeran nada. Mandó recado al abogado para que fuera a verle. Le dijeron que Cleveland se había marchado sin que se supiera si pensaba regresar.

—¡Ese cobarde...! —exclamó—. Seguro que nos engañó con lo del pleito. Por eso se ha marchado.

Pero a los tres días de esta conversación llegó uno de los abogados de Santa Fe que habían intervenido en ese asunto y dijo a John:

—Supongo que Cleveland le habrá informado del resultado final de su pleito... Como ha ganado heredera y va a venir para hacerse cargo de lo que le pertenece, usted tiene que desalojar todo esto.

—¡No es posible...! He pagado a los mejores abogados.

—Pero la ley es la ley. Aunque le duela, hay que reconocer que ellos tienen razón.

—No puede hablar así un abogado de la fama de usted.

—Hemos luchado y hecho todo lo posible.

—¿No son legales los documentos de este Juzgado? Yo pagué lo que me pidieron por estos terrenos. Y tengo documentos que Cleveland aseguraba no podían discutirse.

—Sin embargo, en Santa Fe está todo registrado a nombre de los Rivers... Nunca han dejado de pagar al fisco lo que corresponde. Lo que sucedió es que en este Juzgado, hace bastantes años, hubo un incendio y se quemaron los libros-registro de algunos años. Entre ellos, el que correspondía a esas tierras. Por eso, el juez que había, creyó que estaban sin registrar. Se ha aclarado en el Registro

General de Santa Fe. El resultado, ya lo sabe. Hay que salir de estas tierras... El problema, difícil para usted, es que ha vendido lo que no le pertenecía. Tendrá que indemnizar aparte de la devolución de lo que cobró.

—No es culpa mía si me engañaron.

—Es que en Santa Fe no creen en el engaño. Están convencidos que el juez estaba de acuerdo con usted. Y sospechan que la muerte de ese juez se debió a esa complicidad. No quiero engañarle. En Santa Fe, se cree que usted mandó asesinar a ese juez.

—Eso es una canallada.

—Le digo lo que piensan. Podrían investigarlo.

—Que investiguen lo que quieran... Y desde luego, no voy a salir de estas tierras.

—Le aconsejo que lo medite con serenidad. No podrá evitarlo.

—No se preocupe por eso. Es asunto mío. En este condado me conocen. Y sobre todo, conocen a mi equipo de vaqueros.

—Confío en que cuando lo piense con calma no seguirá adelante en esa locura.

—Aún no han comunicado nada.

—¿Es posible...?

—Como lo está oyendo.

—¡No lo comprendo...! Sé que se envió la notificación hace ya bastantes días. Me lo comunicaron en Fiscalía.

—Pues aún no me han comunicado... Eso le indica que saben el peligro que supone enfrentarse a mí, aunque sea el juez.

—Actuará el del condado. Y no podrá negarse.

—Ya le he dicho que no se preocupe por eso. Yo lo arreglaré.

El abogado no quiso insistir. Mientras almorzaban le comentó la razón de ir al pueblo. No lo hacía por el asunto de John, sino por lo de los parientes de la viuda de Pastrys.

—¿Conseguirán algo? —preguntó John.

—No. No hay la menor fisura en el testamento y en lo que dejó hecho antes de morir.

—En el pueblo se comenta que los hermanos mataron a Jorge Pastrys. No querían que pudieran tener hijos. Creían que así impedirían que ella heredara.

—Pues no lo han evitado... El muerto era un buen abogado que no ha dejado el menor resquicio por el que se pueda atacar la propiedad de la viuda.

—No se conformarán.

—Otros que no tendrán más remedio que someterse. No se puede esquivar la ley.

—Es un asunto que no me interesa, pero no está bien que una empleada de saloon se quede con esa propiedad que vale millones.

—Le pertenece porque su único propietario así lo decidió... Hemos investigado esa propiedad hasta cien años atrás. Es inatacable la herencia de esa muchacha. Los parientes no pueden hacer nada.

—¡Son los hermanos los que tenían derecho...!

—Es el propietario quien decide, y quiso que fuese su esposa. Ya he informado a los dos hermanos. No se puede hacer nada.

—No se conformarán.

—Tendrán que hacerlo —dijo el abogado, sonriendo.

—Piensa que haré yo lo mismo, ¿no?

—Pues sí. Es cierto que lo pienso.

—Se convencerá de su error.

—Crea que lo dudo —añadió el abogado.

Capítulo 3

—¡Qué barbaridad...! ¡Este conductor va a conseguir que nos matemos aquí dentro! ¡Vaya manera de conducir...!

—Lo hace siempre así. Dice que tiene una hora de llegada y otra de salida y que no podría llegar a ellas de no hacer galopar a los caballos.

—Pero esto es demasiado.

Los que hablaban y que viajaban en la diligencia conocían bien al conductor. Por eso, aunque protestaban no sentían miedo.

—Cuando lleguemos al pueblo le vamos a dar una buena reprimenda —dijo uno de los dos elegantes que iban—. No se puede tolerar esto. Si tarda una hora más, que tarde, pero que no nos rompa los huesos.

—Seguro que va riendo al imaginar lo que estamos protestando. Lo hace siempre. Se ríe y nos pregunta si hemos pasado miedo —dijo el que hablara antes.

—Es una locura lo que hace, porque si se sale una rueda acabaríamos todos muertos.

Un joven que iba en un rincón, vestido de cowboy, comentó:

—Parece que hay buena tierra por aquí. Se ve buen ganado.

—Estamos pasando por una de las propiedades más extensas y mejores —añadió uno de los elegantes—. Es de mister Abbey.

—Mister Abbey no tienen nada en esas tierras. ¡Es un ladrón! —exclamó la joven que iba sentada frente al cowboy, que sonrió al oír lo que dijo.

—Tiene que estar loca para hablar así de mister Abbey. Si lo hace en el pueblo lo va a pasar muy mal.

—Lo que estoy diciendo, es verdad... No creo que nadie se sorprenda por lo que digo. Supongo que lo saben todos.

—Le recomiendo que no siga hablando así de ese caballero.

La muchacha se echó a reír y añadió:

—¡No comprendo que llame caballero a un ladrón vulgar como él...!

—Te voy a dar un consejo, monada... No sigas hablando así de mister Abbey si no quieres quedar en el camino —añadió uno de los elegantes.

—¡Vaya! ¡Veo que es un valiente...! ¿Es alguno de los empleados de él en alguno de los locales que posee?

—Si llega a ese pueblo, hablando así, no creo que el ser mujer le evite ser arrastrada. Mister Abbey es la persona más estimada y respetada en el condado y en gran parte del territorio. ¡Preside la asociación de ganaderos más importante de todo el Sudoeste...! ¡Y tiene las más extensas propiedades con la ganadería más importarte...!

—Parece que están muy bien informados... Quiere decirnos ahora, ¿cómo consiguió todo eso?

Es lo que de veras tiene interés.

El muchacho vestido de vaquero sonreía levemente.

Uno de los elegantes se dio cuenta y exclamó:
—¿De qué te ríes tú...?
—Debes estar tranquilo... ¡No me río de ti!
—¡Vaya...! Mira el vaquero con qué confianza se dirige a nosotros.
—Con la misma que tú te has dirigido a mí.
—Y tú —añadió el elegante que hablaba a la joven—, no vuelvas a insultar a quien no puede defenderse.
—No se preocupe. Voy decidida a decírselo a él y a todos los cobardes que le sirven, que parece que son más de lo que yo pensaba. ¿Qué hacen ustedes? ¿Naipe...?
—¡Escucha, imbécil...! —dijo el otro elegante—. Somos abogados y defendemos los intereses de mister Abbey. ¡Por eso no permitimos que ante nosotros se hable de él en la forma que lo estás haciendo tú...!
—Aunque no os agrade, sólo puedo decir que es un ladrón. Si son sus abogados, ¿por qué no le dicen que abandone las tierras robadas como ordena la sentencia del Supremo?
—Esa sentencia será revocada...
—¿Por quién...? —dijo ella, riendo—. Son ustedes unos abogados muy especiales. ¿Están seguros que lo son...? Mi duda está justificada, porque es la primera vez que oigo lo que dicen ustedes. La sentencia está confirmada por la Corte Suprema y por la Fiscalía General Federal. Y sin embargo, ustedes aseguran que esa sentencia puede ser revocada. ¿Por quién? ¿Será por ustedes? ¡Ese ladrón tendrá que devolver todo lo que ha robado! El imperio de ese miserable, desaparecerá muy pronto.
—Parece que no quieres entender nuestro idioma. Hemos dicho que no insultes a ese caballero porque...

—No es un insulto llamar a las personas por su nombre... ¡Y estamos hablando de un ventajista y ladrón...! ¡Tendrá que abandonar todo lo robado en un plazo muy corto! Ya se han reído bastante de las autoridades locales. Parece que le tienen miedo por la serie de pistoleros que tiene a su servicio... Entre los que parece se cuentan ustedes. Son abogados muy especiales... Llevan dos armas cada uno. Sin contar con que llevan en el interior del chaleco. ¿Es ése el código en que se han especializado ustedes?

—Te vamos a...

Pero la muchacha metió el pie en el vientre del que se levantaba para golpearla a ella, que dejó escapar un grito de dolor, al tiempo que encajaba un golpe en el rostro, con una fuerza que no podía sospechar en esa muchacha tan bella.

El vaquero contuvo a los dos abogados, encañonándoles a ambos.

—No hay duda que son ustedes unos cobardes. ¿Quieren levantar las manos? —Dijo al tiempo de golpear en el techo.

—Yo les desarmaré —añadió la muchacha—. Y muchas gracias.

Se detuvo la diligencia y descendió el conductor para saber qué había motivado los golpes en el techo y los gritos de que parara.

Al saber lo que sucedía y descubrir que, en efecto, llevaban armas escondidas, ayudó al castigo de los elegantes. Les dejaron sin armas en la carretera, y bastante golpeados, ya que apenas se podían mover. Sus trajes elegantes estaban rotos.

El conductor sonreía al ver en las condiciones que quedaban.

—No les conozco de nada... Es la primera vez que les traigo de viajeros... No creo que sean abogados —dijo el conductor.

—Es lo que han dicho ellos.

—Pero el arsenal que llevaban indica que lo que son dos pistoleros y por eso les ha llamado John.

—¿Y para qué recluta pistoleros?

—Dicen que está decidido a resistir a la orden de abandono de esas tierras... Pero el verdadero problema que se le plantea es el de los colonos a quienes vendió parcelas y les dieron escrituras legales sobre las mismas. Los Rivers van a tener una seria complicación con ese problema.

—Si ese hombre vendió lo que no le pertenecía, será el que tenga que enfrentarse con todos a los que engañó, a sabiendas que lo hacía.

—John dará mucha guerra... No es de los que se someten. Y las autoridades le tienen miedo... —dijo el conductor.

Siguieron caminando en la diligencia... Al llegar a una posta, el vaquero, durante el cambio de los caballos de tiro y mientras preparaban el almuerzo, dijo a la joven:

—¿Lynda Donovan Rivers?

—¡Sí! —exclamó muy sorprendida—. ¿Es que me conoce?

—Es que lo he supuesto por su manera de hablar de Abbey. Le aconsejo que aunque tiene razón, no debe seguir comentando en la forma en que lo ha estado haciendo... Sería muy peligroso para usted. No espere que por ser mujer le respeten los pistoleros que están al servicio de ese hombre. No tiene ningún escrúpulo. Y tenga en cuenta que la muerte de usted es la solución para su problema. Tendría muchos meses por delante... Hasta que los herederos se presentaran... Pero mientras, habría vendido y se alejaría lejos. Ya sé que no puede vender, pero él podría hacerlo.

—¡Es que hace tiempo que sentenciaron...!

—Lo sé, pero no es un problema para que usted le enfrente. Es una locura venir sola. Seguro que sus tíos no le han autorizado a este viaje...

—No comprendo...

—Ya veo que le sorprende que esté informado. Ha pensado que por ser mujer, y en el Oeste, le permitiría decir lo que piensa sin peligro alguno. Pero ya ha visto que eso no les ha importado a esos dos elegantes. No debe presentarse en el pueblo.

—¡Se ríe de las autoridades de Ruidoso y de Roswell, pero no se va a reír de mí! No comprendo a esas autoridades que no cumplen con su deber... Ya debería estar fuera de esas tierras que me pertenecen. Sin embargo, sigue en la casa a la que llevó todo lo que es de mi propiedad. Enseña a sus amigos los cuadros que representan a mi familia. Seguro que dirá que son sus familiares.

—Todo eso se va a evitar y saldrá de la casa en que vive y de las tierras que ocupa. Pero para ello, precisamente, lo que no puede hacer, es presentarse usted allí.

—Pero...

—Mira, será mejor que dejemos este trato tan serio, dada la edad de ambos. Lo que vas a hacer es ir, desde aquí, al fuerte Stanton, que está muy cerca... Le dices al mayor Duncan que vas de mi parte. Me llamo Ames Baker.

—Es que...

—Tienes que obedecer. Vengo para obligar a John Abbey que abandone esas tierras que te pertenecen a ti. Pero para ello, debes estar fuera de su alcance, porque si te tiene a ti, no podríamos hacer nada, ya que es muy capaz de ordenar que te maten.

No fue sencillo hacer que la muchacha le obedeciera. Pero, al fin, se aceptó.

—¿Crees que tú solo vas a conseguir lo que no han podido las autoridades...? —decía ella, sonriendo.

—Es que yo obligaré a esas autoridades a que cumplan con su deber.

—¿Tú...? —dijo ella, riendo—. ¿Y crees que te harán caso?

—Estarán obligadas a hacerlo.

—Eso quiere decir que eres una autoridad, ¿no...?

—Sí y que no temo a ese ganadero ni a su equipo...

—Por lo que me has dicho para convencerme que vaya al fuerte es para pensar que tú también debes meditarlo. ¿Te envían de Santa Fe? Es cierto que allí me han dicho que se estaban tomando medidas para hacer cumplir a ese ganadero.

—Tal vez sea yo la persona a quien se referían. ¿Fue en Fiscalía...?

—Me lo dijo la hija del gobernador, que es muy amiga mía. Su padre le dijo que debo estar tranquila, ya que me iban a devolver lo que me pertenece.

—Pero no le dijiste que ibas a venir, ¿verdad?

—Es verdad que no le dije nada.

—Te habría aconsejado que esperaras. Soy el Marshall U.S. del territorio.

—¡Vaya sorpresa que se van a llevar esos dos elegantes cuando lleguen al pueblo en la siguiente diligencia! Deben de considerarte un vaquero.

—No creo que se atrevan a ir a Ruidoso... Son demasiado cobardes. Les dije que si les volvía a ver les colgaría. Creo que se volverán en la siguiente diligencia.

—Lo que no se comprende es que las autoridades no se hayan atrevido a obligar a ese ganadero a que devuelva lo que robó...

—Él y su grupo son muy temidos. Estuvo de total acuerdo con el juez que había y que murió cuando dejó de ser juez. Seguro que Abbey le asesino. Es posible que le reclamara dinero para marchar lejos o tenía miedo que hablase. Le pagaron con plomo.

Cuando la diligencia siguió su camino, Lynda había ordenado bajar su equipaje. Pero no dijo que iba a ir al fuerte. Todos creyeron que iba a regresar a Santa Fe.

Y uno de los dos viajeros que seguían comentó:

—Creo que ha hecho bien en no seguir... No lo iba a pasar bien, hablando de mister Abbey en la forma en que lo hacía. Se debe mucho a ese ganadero en Ruidoso. Y es una tontería que traten de obligarle a devolver las tierras que eran suyas y que vendió para la instalación de ganaderos y colonos. Pagamos caro por esas tierras.

—¿Es usted uno de los que compraron...?

—Sí. Y empezamos ahora a poder defendernos...

—Es una lástima que les engañara ese ganadero. Porque vendió lo que no era de él y ahora, ustedes tendrán que salir de esas propiedades.

—Supongo que no pensará en serio que vamos a obedecer.

—Es que tendrán que hacerlo. Lo que pueden hacer, es reclamar de ese ganadero que les devuelva el dinero más unos réditos justos por el tiempo perdido y por lo que sucede.

—No nos interesa que nos devuelva el dinero. Queremos la tierra.

—No habrá otra solución. La dueña reclama su propiedad y las autoridades superiores han determinado que así sea en una sentencia firme... Sería muy lamentable la oposición por parte de ustedes. Intervendrían los militares si no obedecen.

—¿Cree que los militares van a intervenir en un asunto así?

—Acudirán a la llamada del juez.

—¿Para obligarnos a nosotros...?

—Para obligar a los que ocupen esas tierras.

—¡Pero si tenemos escrituras firmes...!

—No lo son, porque no les vendió el dueño. Crea que reconozco lo injusto que ha de resultar para ustedes. Pero la culpa es de quienes les engañaron al estafarles.

—¡No habrá quien nos haga salir...!

—Tienen que pensarlo bien. Deben de pedir a John Abbey, que les devuelva el dinero más intereses y si la propietaria, al comprender la situación de ustedes, accede que por ese dinero sigan donde están...

—No siga... No tenemos por qué volver a comprar.

—Deben meditarlo... Lo mismo usted que los otros... No provoquen la intervención militar. Sería lamentable. Pero le aseguro que lo harán.

—No espere que salgamos de lo que tanto nos ha costado poner en condiciones de vivir con cierto desahogo.

—Lo comprendo, pero no veo otra solución.

Los viajeros que subieron en el puesto de los elegantes y de la joven, intervinieron en la conversación y daban la razón al colono.

Ames no quiso insistir más. Reconocía que era una situación delicada incluso para los jueces, porque los colonos no tenían la culpa que el juez que les extendió las escrituras, fuera un granuja y el verdadero culpable por extender los documentos.

Y como el juez había sido asesinado, el problema tenía muy difícil solución. Ya que tampoco la muchacha tenía por qué perder lo que Abbey le robó.

Pensaba que mucha culpa de lo que sucedía, la tenía Lynda y su familia, que durante muchos años no se preocuparon de la vivienda ni de los terrenos.

Cuando de acuerdo con el juez, dijeron que estaba sin registrar, Abbey lo hizo a su nombre pagando los derechos de veinte años... Como era mucho terreno el ganadero lo vendió por parcelas.

Pensaba hablar a Lynda, que era la que podía dar una solución humana más que legal. Abbey se había quedado con diez mil acres. Cantidad suficiente para ella si pensaba tener algún ganado. Aunque sospechaba que lo que de veras le interesaba, era la casona con el mobiliario y los cuadros que había en ella.

Las circunstancias habían creado una situación especial y de difícil solución. Se iban a producir incidentes desagradables.

El problema no era hacer salir a Abbey a pesar de estar rodeado de pistoleros, sino la situación de los colonos que estaban asentados en las tierras reclamadas.

Pero tampoco se le podía pedir a ella que renunciara a lo que le pertenecía.

Tres de los colonos, llegaron de lejos avisados por Abbey. Lo cual indicaba que eran viejos conocidos. Estaban instalados pero sin documento legal y sin haber pagado un solo centavo. A éstos, sería fácil hacerles salir.

Ames sabía que encontraría muchas dificultades. Contaba con Joe, que llegaría de un momento a otro a Roswell como juez del condado. Y con los militares.

En Santa Fe no les gustaba lo que estaba sucediendo en esa parte del territorio, donde la ley que se respetaba no era la escrita, sino la que había impuesto John Abbey a base de pistoleros y abusos. Era por lo tanto a éste, al que tenían que combatir.

Los informes eran incompletos, ya que llegaron en anónimos. Los que escribieron, sin duda, tuvieron miedo a que pudiera informarse ese ganadero y su equipo de gunmen.

Tendría que ampliar la información sobre el terreno, con las dificultades y peligros que ello entrañaba.

Dejó de pensar en el problema que le preocupaba para escuchar lo que hablaban los viajeros sobre la asociación que presidía Abbey. Por lo que escuchaba sin intervenir para nada, se daba cuenta que el equipo de caballistas al servicio de esa asociación, era el que empleaba Abbey para imponer su «ley».

Los viajeros hablaban de él con respeto, pero sobre todo con miedo.

—Si esa joven llega al pueblo y habla en la forma que lo hizo, sería arrastrada.

—Sin embargo, lo que decía no era un disparate. No hay duda que esas tierras fueron apropiadas indebidamente por él. Eso es un robo.

—No creo que se atreva usted a decir eso mismo en Ruidoso.

—No creo que sea un delito.

—Es insultar al que estamos agradecidos

porque nos dejó unas tierras para que podamos defendernos —dijo el colono de antes.

—Tierras que no eran suyas. Así, no tiene mérito —añadió Ames.

—Nosotros no tenemos por qué saber si eran suyas o no... Tenemos las escrituras extendidas en el juzgado.

—En el juzgado de Ruidoso, por un juez que no era titular. Esas escrituras tenían que haber sido refrendadas por el del condado... Demuestra que el juez que había en el pueblo era amigo de ese ganadero. Después le asesinaron para que no pudiera decir lo que sabía. Había dejado de ser juez y ya no convenía su amistad.

—Lo que está diciendo es demasiado grave... No creo que pueda estar mucho tiempo si se le ocurre hablar así en cualquier local o con cualquier vecino de ese pueblo. ¡No se puede hablar así de John Abbey!

—A pesar de lo que ustedes piensen, hay una sentencia que no tendrá más remedio que acatar.

—Si conociera a John no hablaría así.

—¿Es que se va a enfrentar con todo el territorio...? ¿Con los militares?

—No creo intervengan los militares.

—Lo harán si se les avisa —añadió Ames, sonriendo.

Los otros viajeros no intervinieron en la conversación.

Se concretaron a escuchar.

Capítulo 4

Ames era contemplado con curiosidad. No abundaban los forasteros en el pueblo, no siendo la época de las fiestas y éstas estaban lejanas aún. Su estatura llamaba la atención. Pasaba de los seis pies en algunas pulgadas.

Por su parte, Ames contemplaba a los curiosos que estaban ante la posta. A uno de los empleados de ésta preguntó si había algún buen hotel.

—Tiene tres que están muy bien —contestó el interrogado.

—Si me indica dónde hay uno de esos tres, se lo agradeceré.

—Debe tener mejor vista. Allí puede leer que hay un hotel —y señaló la dirección.

—Gracias —dijo Ames, sonriendo.

—No creo que le admitan si saben que habla mal de mister Abbey... —dijo el viajero que había discutido con él durante el viaje.

—¿Es que se ha atrevido a hablar mal de ese ganadero? En ese caso, no se moleste en pedir habitación —exclamó el de la posta.

—Si hay alguna libre y pago, no podrá impedir que me hospede en ese hotel.

—Ni en ése ni en ninguno. Porque los tres pertenecen a ese ganadero.

—¡Vaya! —exclamó Ames, sonriendo—. Veo que los tentáculos de sus propiedades no se detienen ante nada.

Dicho esto, se dirigió hacia él hotel... Pero un vaquero de los que estaban allí, se le adelantó y cuando llegó, le dijo el conserje que no había habitación para él.

Ames miraba sonriendo al conserje y al vaquero que estaban al lado de él.

—Así que no hay habitación libre. ¿No es eso...? —dijo Ames.

—Es lo que acabo de decir.

—Buscaremos en los otros.

—No se moleste... —añadió el conserje—. Ya he mandado recado.

—Eso indica que hay habitaciones libres pero que no quiere admitirme. Es curioso este pueblo... Pero va a ser más curioso aun cuando cierren los tres hoteles por tiempo indefinido.

—¡Así que van a cerrar estos hoteles...! ¿Has oído? —dijo al vaquero el conserje.

Ames, con gran paciencia, salió sin añadir una palabra.

Y buscó los otros dos hoteles, ya que quería confirmar que le negaban habitación en ellos. No quería que pudieran decir más tarde que no había estado a solicitar hospedaje.

Pero comprobó que las medidas estaban tomadas.

Después fue a la oficina del sheriff.

Este, le miró sonriendo y dijo:

—¿Ha encontrado hospedaje...?

—Parece que los tres hoteles están llenos... Y eso que no estamos en fiestas. No hay duda que es un buen negocio...

—No creas que están ocupadas las habitaciones... Es que saben que has hablado mal del propietario de ellos.

—Es decir, que hay habitaciones libres, ¿no es así?

—Desde luego —exclamó el sheriff, riendo.

—Pero usted sabe que eso no puede hacerse. ¿Verdad que lo sabe?

—El dueño del hotel puede admitir o no a quien quiera.

—Es usted un sheriff interesante.

—No te molestes en buscar hospedaje...

Ames, sin perder la calma, sonreía al abandonar la oficina, dejando al sheriff que riera abiertamente.

Se asomó el sheriff hasta la puerta mientras reía viendo alejarse a Ames.

Un vaquero se detuvo a saludar al sheriff y hablar con él... Los dos reían y el vaquero fue detrás de Ames, que entró en un saloon.

El barman le miraba sonriendo. Al pedir bebida, le dijo que no quedaba.

—Extraño pueblo. —Dijo Ames, sonriendo—. No hay habitaciones en los hoteles, no hay bebida en los locales. Pero va a ser más extraño dentro de unas horas.

Uno de los clientes dijo al barman:

—¿No sabes que no puedes negar lo que pidan si están dispuestos a pagar?

—Lo que tienes que hacer, es callarte. No te metas en problemas.

—No se preocupe. ¿Esto también pertenece a mister Abbey? —dijo Ames sonriendo.

—¿Por qué no te marchas, en la próxima diligencia...?

—Es lo que haré... Ya veo que no podré beber ni comer. ¿Podré ver a mister Abbey?

—No creo que puedas verle.

—¿Para qué quieres ver a mi patrón? —dijo otro.

—Para hablar con él. ¿Es que quieres saber lo que quiero decir a ese caballero?

Los otros clientes sonreían y miraban al vaquero.

—Cuando John se entere que tratas de saber lo que quieren hablar con él, no lo vas a pasar nada bien —dijo uno.

—No es que quiera enterarme —dijo nervioso el vaquero.

—Es lo que has preguntado —dijo Ames.

—Es que no tienes por qué hablar con él.

—Parece que eres el que manda en este pueblo. Tienes más autoridad que el propio Abbey. Claro que si tienes tanta autoridad, tendré que hablar contigo.

—Te estás metiendo en un buen lío. ¡A John no le gusta que se metan en sus cosas! Y tú no eres quien para tratar de enterarte de lo suyo —dijo el barman al vaquero.

—No trato de enterarme de nada.

—Es lo que estás haciendo...

—Cuando lo hace, es que tiene autoridad para ello... Debe decirle que quiero hablar con él. Pero si he de hacerlo antes con usted, que me lo haga saber.

Y Ames abandonó el local.

El vaquero estaba muy nervioso.

—Y ahora, ¿qué...? Resulta que viene para hablar con John —Dijo el barman.

—Y tú le has negado la bebida.

—Es que me han dicho que ha venido hablando mal de él.

—Por eso yo le he hablado en la forma que lo he hecho.

Ames fue al juzgado y el juez le habló lo mismo que el sheriff, sin que se enfadara por ello. Luego, preguntó ya en la calle a un jovenzuelo dónde estaba la Western. Y una vez allí redactó un telegrama que al leerlo el empleado miraba curioso a Ames.

—Esperaré a que lo transmita y llegue la

respuesta —dijo—. No creo que tarden.

Se puso el empleado a transmitir... En su rostro había una sonrisa de satisfacción. Se sentó Ames y se puso a fumar.

El sheriff entró en el local en que había estado Ames y el barman, sin dejar de reír, le informó que le había negado la bebida.

—Has hecho muy bien. Terminará por aburrirse y marchar.

—Es que dice que ha venido para hablar con mister Abbey —dijo un cliente.

—Ya le verá si John quiere verle. ¿Se le ha mandado recado...?

—Han ido a decirle lo que pasa.

—En ese caso, no hay más que esperar a saber qué dice John.

—Ha estado también en el juzgado.

—¿En el juzgado...? —dijo el sheriff.

—Le han visto entrar.

—No creo que consiga nada —añadió el sheriff—. Ya estaba informado el juez.

Estaba bebiendo el sheriff cuando entró el juez.

—Estábamos hablando ahora de ti —dijo el sheriff—. ¿Es cierto que el forastero te ha visitado?

—Y me ha dicho lo que es legal. Que no se puede negar lo que se le está negando. Te aseguro que sabe lo que dice. Me parece que es una torpeza lo que estamos haciendo.

—¿Es que vas a tener miedo de un vaquero...?

—Me preocupa lo que me ha dicho al marchar.

—¿Qué te ha dicho?

—Si se ha comunicado a John Abbey que debe de abandonar las tierras apropiadas indebidamente, según sentencia de las autoridades superiores. Creo que ésa es la razón de su visita a este pueblo.

—Veo que estás preocupado.

—Así es.

—Tranquilízate... John sabrá lo que tiene que decir si es que ha venido para hablar sobre eso.

—Es un muchacho muy frío. No hacía más que

sonreír.

—Le voy a dar unas horas de plazo para su marcha. Mañana en la diligencia saldrá de aquí —añadió el sheriff—. Y no va a encontrar donde dormir.

Ames recibió respuesta a su telegrama y redactó uno para el juez del condado, cuyo texto volvió a sorprender al empleado de telégrafos. Ames salió para pasear.

Fue al taller del herrero orientado por otro mozalbete.

—A ver... ¿Tiene algún caballo para alquilar...? —preguntó.

—Desde luego.

—¿Me alquila uno...?

—Tengo uno bastante bueno. Los otros son lentos.

—No tengo ninguna prisa. Voy a dar un paseo. ¿Hay muchos ranchos por aquí?

—Bastantes. Forastero, ¿verdad?

—He llegado en la diligencia.

—Puedes preparar tú mismo el caballo. Lo tienes todo en el establo. El caballo a que me refiero, es uno pinto.

—Gracias.

Ames entró y preparó al animal. Minutos más estaba cabalgando. Cómo no conocía el terreno, eligió un camino cualquiera, pero no iba a salir del camino. No quería tener algún problema, si pisaba el terreno perteneciente a un ganadero.

Le habían visto cuando salía de la Western y después jinete sobre el pinto. Lo estaban comentaron en el local en que no le sirvieron bebida.

—¿Dices que ha estado en la Western? —dijo el barman, preocupado.

—Le he visto salir...

—¿A qué habrá ido...? Llamad al sheriff.

Cuando acudió el de la placa, le dijo el barman la visita del forastero a la Western.

—¿A qué ha ido...?

—Eso, es usted el que debe y puede averiguarlo.

Sin añadir una palabra salió el sheriff y se dirigió a la Western.

El empleado le miró con indiferencia al verle entrar.

—Dígame... ¿Ha estado un forastero telegrafiando...? —preguntó el sheriff.

—Sí. Hace poco que se marchó.

—¿A quién ha telegrafiado...? Muéstreme el telegrama.

—Sabe que no puedo hacerlo, sheriff. ¡Lo siento!

—¿Es que no te das cuenta que soy yo el que lo pide?

—Sabe que no puedo.

—Llama al encargado.

Pero éste, que había leído los telegramas y las respuestas, dijo al sheriff:

—Lo siento, sheriff. No podemos hacerlo. Pero puede usted dirigirse a nuestro jefe en Santa Fe y si él lo autoriza por mí no habrá inconveniente.

—No hay que telegrafiar a nadie. Me vais a entregar ese telegrama porque soy el que lo ordena.

—Repito que no podemos hacerlo. Nos costaría el empleo.

—Iré a que el juez me dé una orden. Y ya veremos si entonces os negáis.

No esperó a que respondieran. Y el juez, al decirle lo que quería, exclamó:

—Lo siento, sheriff. No puedo ordenar a los de la Western. Es secreto su servicio.

—¿Es que se van a reír esos tontos de mí?

—No pueden hacerlo. No es que no quieran por capricho. Lo tienen prohibido.

—Ya verá como no se lo niegan a John. Le voy a mandar recado.

—No me gusta que haya ido a telegrafiar después de haberle negado lo que no se puede negar. Es posible que nos estemos metiendo en un buen lío —dijo el juez.

—No creo que ese vaquero provoque nada... Se va a marchar mañana. Me gustaría saber a quién ha telegrafiado. Puede ordenar que le muestren el telegrama.

—Es que no puedo hacerlo. Ellos no me lo enseñarían. Me dirán que telegrafíe a su jefe en Santa Fe. Y no me atenderían. Sería ponerme en evidencia ya que me pedirían la razón de ese interés. Pero de forma privada es posible que se consiga con el empleado y no con el encargado, sobre todo si se le ofrecen unos dólares —dijo el juez.

—Lo que voy a hacer, es encerrarle unos días por no atenderme.

—Le repito que no puede hacerlo... No cometa ese error. Esa maldita sentencia está haciendo que las autoridades de Santa Fe se fijen en este pueblo. Y Abbey no tendrá más remedio que acatar lo que han dictado las autoridades superiores... Cree realmente que la ley es él —respondió, preocupado el juez.

—Aquí, no hay duda que es así.

—Pero esto forma parte del territorio. No podemos ser ajenos a lo que se ordene por quienes tienen autoridad para ello.

Volvió el sheriff al mismo local. Supo que Ames estaba paseando sobre el pinto que alquilaba el herrero.

—¿A quién ha ido a visitar?

—Le han visto salir del pueblo en dirección sur.

—¿Hacia el rancho de la viuda...?

—No se sabe.

—Hablaré con el herrero. No ha debido alquilar ese caballo.

—No sabía nada y lo que quiere es ganar dinero.

El sheriff fue a hablar con el herrero que le dijo que no sabía que hubieran dado orden de no atenderle.

—Además, no os habría obedecido. Mi negocio no está en vuestras manos.

—Si doy una orden, tienes que obedecer.

—¿Es que crees que podéis hacer esto? Le habéis negado habitación teniendo libres. Si hubiera autoridades como es debido, ese hotel se cerraría para siempre y lo mismo el saloon.

—Ya sabes que no tienes que volver a alquilarle —y el sheriff se marchó.

El juez, que estaba muy preocupado por la visita de Ames y por su manera de actuar y hablar, fue hasta la Western.

—Ya sé —dijo al encargado— que no podéis decir nada sobre lo que se cursa en esta oficina, pero creo que decir a quién iba dirigido el telegrama no es importante.

—Usted sabe que no podemos hacerlo.

—Ya he dicho que lo sé. Me conformo con la dirección.

—Lo siento. Sería jugarnos el empleo...

—No tienen por qué informarse... No lo diré a nadie.

—Lo siento. No puedo hacerlo.

El juez se estaba enfadando. Pero no consiguió convencer al encargado.

Ames, al ver el camino que iba hacia un gran portalón que sin duda era la entrada a un rancho, decidió acercarse para solicitar comida, ya que estaba hambriento y sabía que no le iban a dar de comer en ninguna parte de la población.

El camino estaba escoltado por árboles que daban una sombra que agradecía porque el día era bastante caluroso. Antes de llegar a las viviendas que había al final del camino, le salió un vaquero al encuentro que le preguntó qué buscaba.

—Busco las viviendas de esta propiedad.

—Eres forastero, ¿verdad?

—Así es. He alquilado este caballo.

—Le conozco. Es el que tiene el herrero. Pero, ¿qué buscas aquí...?

—Ya lo he dicho antes. Las viviendas para solicitar un poco de comida.

El vaquero se echó a reír y dijo:

—Está bien. Yo te acompañaré. No creo que se enfade Thomas... Es el capataz. Estoy seguro que la patrona ordenará que te den algo de comer.

—Te lo agradezco de veras. Parece una buena propiedad.

—Es de las mejores de por aquí. La que está a continuación es de John Abbey, que se apropió de los terrenos que pertenecen a los Rivers. Después ha ido comprando casi todo el pueblo... En voz baja todos pensamos que el imperio de ese miserable está construido sobre el terror.

—¿Es una mujer la dueña...?

—Es viuda. Una gran mujer a la que han estado haciendo muy difícil las cosas por las envidias de los hermanos del esposo que murió, pero dejó las cosas tan bien hechas que no pueden impedir que sea la heredera. El patrón supo lo que hacía. Cuando el patrón ya estaba enfermo sus hermanos andaban detrás ella... Es una gran muchacha... Pero se casó cuando estaba trabajando en un saloon en Las Cruces... Por eso creían los hermanos que sería muy sencillo. Pero, aunque haya estado en un saloon, es toda una dama. Ahora es el capataz el que cree que va a conseguir algo, porque ella, muy preocupada por la actitud de los hermanos de su esposo, no se preocupa de nada. Thomas está creyendo que es en realidad el amo. Hasta ha dado a entender que se casará con ella.

—Puede que tenga alguna razón para pensar así.

—A la muchacha, parece que ahora no le interesa nada... Cuando reaccione, se dará cuenta Thomas que está equivocado.

Al llegar a las viviendas, Liz Pastrys, la viuda, les miraba curiosa.

Fue Ames el que habló con sinceridad de lo que le sucedía.

—Pase... Podrá almorzar conmigo... Bueno, comer. Porque ya es hora de hacerlo.

—Muchas gracias.

Dio Ames las gracias también al vaquero y entró en la vivienda. La viuda ordenó a las empleadas que pusieran un cubierto en la mesa y que contaran con el invitado.

Una de estas empleadas dijo:

—¿No se enfadará Thomas?

La viuda miró intrigada y sorprendida a la mujer y dijo:

—No he comprendido... ¿Qué has querido decir...?

—Que no le gustará a Thomas que un joven coma con usted.

Ames se sorprendió al ver reír a la joven.

—¿Y qué puede importar a Thomas eso...? Pero es interesante lo que acabas de decir. Y desde luego, puedes ir recogiendo lo que tengas y te largas de aquí. Así que se enfadará Thomas porque haya un invitado mío en la mesa, ¿no es eso?

—Es que se comenta que se va a casar con la patrona.

Las risas se convirtieron en carcajadas francas y sinceras.

—Creo que la culpa es solamente mía, por imbécil y por no ocuparme de nada que se relacione con esta propiedad... He ido dejando que se considere el amo porque no me he preocupado de otra cosa que no fuera la situación que me han creado esos cobardes.

La muchacha se disculpó. Alegando que habló así por lo que iba diciendo Thomas.

—Está bien. Que preparen la comida. No vuelvas a decir otra tontería como ésa.

Y al quedar a solas con Ames, le informó de lo que ya sabía por el vaquero.

—Ha cometido el error de encerrarse en esta casa —dijo Ames.

—Me doy cuenta ahora —añadió ella.

Capítulo 5

Estaban sentados en el comedor, cuando entró como un torbellino el capataz y dijo:

—Me han dicho que había visita y he visto el pinto que suele alquilar el herrero. ¿Qué busca aquí este forastero?

—¿Es que no sabe pedir permiso para entrar...? —dijo ella con naturalidad.

—Bueno... Es que...

—No quiero errores... Y no me agradaría que este joven interpretara mal las cosas. Tú eres un empleado. El capataz que había en el rancho a la muerte de mi esposo... No me he preocupado de cambiarle porque él decía que eras un buen capataz... Pero nada más que eso... Has sido capataz hasta este momento, en que ya dejas de serlo y de formar parte del equipo de vaqueros —dijo, muy serena, Liz.

Thomas palideció intensamente.

Ella salió hasta la puerta y se acercó a la barra que había cerca de la misma en la parte exterior y que hacía de campana.

Golpeó la barra con otra y el sonido profundo y grave se extendió por el rancho.

Los vaqueros que estaban en su domicilio salieron intrigados... Era una llamada nada habitual a esa hora. Y fueron acercándose.

Thomas, junto a la viuda, decía:

—No creo que haya cometido un delito tan grave. Pido perdón.

Ella no le hizo caso... Y como el número de vaqueros era importante, consideró que podía hablar:

—Les he llamado para informarles que Thomas ha dejado de ser capataz y tampoco va a pertenecer a este rancho. ¡Está despedido!

Los vaqueros se miraban sorprendidos, pero la mayoría sonrientes.

—No me gustan las equivocaciones. Y si he estado alejada de estos problemas, eso no quiere decir que fuera lo que este tonto ha pensado... Deben nombrar ustedes la persona que consideren que sirve para ese cargo. Una vez elegido, me lo dicen.

—¿Es que cree que no voy a encontrar trabajo...?

—No me interesa lo que haga... Lo único que digo, es que no le quiero aquí. Supongo que me ha estado robando ganado, porque no me he preocupado de estos asuntos. Lo que debe hacer es llevarse a los que le han ayudado en el robo de reses. El próximo capataz se encargará de que se marchen los que son sus amigos.

Thomas trató de insolentarse, pero como se había creído que era el amo y trató mal a los vaqueros, éstos reaccionaron y supieron desquitarse, dando una paliza a Thomas que le tuvieron que llevar en un carro para que fuera curado en el pueblo. Les pasó lo mismo a tres vaqueros más. Los que eran amigos del capataz y que todos sabían que eran los que le ayudaban a robar ganado.

La empleada que habló a la viuda de Thomas estaba muy asustada.

Fueron los vaqueros los que dijeron a la viuda que también la debía despedir... Tuvo que correr para evitar que le castigaran. Había hablado muy mal de la viuda por el hecho de haber salido de un saloon.

Ames fue a la nave de los vaqueros y les dijo cómo debían hacer la elección para que no se disgustaran los no elegidos. Mediante papeletas. Todos estuvieron de acuerdo.

Pusieron los nombres de todos los vaqueros en papeles. Sería elegido el que tuviese más votos. Al contar los votos, todos estuvieron de acuerdo con el elegido.

Informaron a la viuda y estuvo de acuerdo con la elección.

Los vaqueros decían a Ames que era cierto que Thomas comentaba que se iba a casar con la patrona y que robaba ganado.

Poco después la viuda decía a Ames:

—He estado varias veces tentada de abandonar esto y marcharme lejos, pero pensaba más tarde que cuando mi esposo dejó las cosas así, es que no quería que pudiera ir a parar a sus hermanos lo que solamente era de él.

—Habría hecho una estupidez.

—Sabía que sus hermanos me persiguieron. Por eso debió hacer las cosas en la forma que lo hizo. No venían por aquí esos parientes desde seis meses antes de morir él.

—Es la legítima heredera y debe defender lo que le pertenece.

—Es lo que pienso hacer. Me estoy cansando. Lo de este cobarde me ha abierto los ojos. Si me cuelgo armas, voy a castigar a esos cobardes que están calumniándome. Pero ahora, tengo miedo que Thomas, vaya echando lodo sobre mi persona.

Es un cobarde, y le ayudara esa mujer. ¡Tendré que matar a los dos y a los hermanos de mi esposo...! He hecho una tontería al encerrarme en esta casa. Han debido estar robando ganado, pero la culpable soy yo. Me crie entre reses y no tienen que enseñarme nada relacionado con el ganado y el rancho.

—No debió abandonarse tanto.

—Ya he dicho que he estado varias veces dispuesta a abandonarlo todo para marchar lejos de aquí, pero reaccionaba al pensar que era eso lo que buscaban esos cobardes. Y el granuja de Thomas, aprovechándose y diciendo que se iba a casar conmigo.

Como pensó Liz, los dos, una vez en el pueblo, hablaban muy mal de la viuda.

Max Pastrys, hermano del muerto, visitó a Thomas en casa del doctor. Supo estimular a Thomas para que hablara de lo que no había sucedido, pero que ponía a la viuda en la boca de todos.

Según él, la viuda había sido su amante, y Lucy, la empleada que había despedido, decía que era cierto, ya que ella les había sorprendido varias veces besándose.

Pero eran muy pocos los que en el pueblo creían esa historia.

Uno de los clientes en el saloon en que estaba hablando, dijo:

—Es ahora, cuando os han echado a los dos cuando os acordáis de decir todo esto de la muchacha. El despecho os hace mentir de la manera más innoble. Yo no lo creo ni lo creería nadie en el pueblo. Si seguís así, os encontraréis colgados en la rama del primer árbol que encuentren. Vosotros sí que sois amantes. Lo saben los vaqueros.

Max Pastrys, entre sus amigos, en el mismo local, decía:

—¡Es una vergüenza...! No puede negar que es una cualquiera. No comprendo que mi hermano se casara con ella. Esa es la mujer que habéis estado defendiendo.

—Lo que te hace hablar así, es el odio que tienes a esa muchacha porque ha heredado lo que queríais para vosotros. Y tú la has perseguido en vida de tu hermano.

—¿Es que no creéis lo que dice Thomas...?

—No. Le ha echado porque está segura que robaba ganado que seguro que vosotros habréis estado comprando a bajo precio.

—No puedes hablar así de mí.

—Lo sabe toda la población... No creas que nos habéis engañado.

El doctor, mientras curaba a Thomas sin consideración alguna, le dijo:

—¡Eres demasiado cobarde...! No debía curarte. No lo mereces. Hablas de la viuda dolido porque te ha echado.

—Podéis hablar con Lucy.

—¿Es que siendo tu amante, dejaba que también lo fueras de Liz...?

—Lucy no es mi amante.

—Te olvidas que vivimos aquí y que los vaqueros no se han mordido la lengua para decir lo que pasaba en ese rancho. Eras tú el que soñabas con poder casarte con la viuda y a Lucy, le gustaba la idea. Luego, matabas a la muchacha y heredabas tú... Creo que vas a terminar colgado.

—Lo que estoy diciendo es la verdad.

—¡Fuera de aquí...! —añadió el doctor, suspendiendo la cura.

Sacó a Thomas de su casa sin terminar la cura. No había otro médico en el pueblo.

Thomas fue en busca del sheriff, pero éste no pudo convencer al doctor.

Los dolores, al enfriarse las heridas, eran insoportables.

Le atendieron en el saloon de Bill, en la forma que se les ocurrió, pero como tenía el maxilar fracturado, los dolores no cedían y se pasaba los minutos insultando al doctor y a la viuda.

Cuando llegaron por la tarde los vaqueros,

informaron quién era el nuevo capataz. Al saber lo que estaba diciendo Thomas y Lucy, aseguraron que estaban mintiendo.

—¿Es que vais a negar que Liz es una cualquiera? —decía Max Pastrys—. ¿De dónde sacó mi hermano a esa astuta mujer?

—Que haya trabajado en un saloon no quiere decir que sea una ramera... Hay muchas que saben conservarse dignas en este ambiente. Tu hermano no era tonto. Cuando se casó con ella, es porque lo merecía. A ti no te hizo caso a pesar que la asediaste sin pensar que era la esposa de tu hermano. Eso y que sea la heredera, es lo que no le perdonas.

—Las autoridades cuando sepan que era la amante del capataz...

—No lo creemos. Así que te puedes evitar la historia que tengas preparada.

—¿Y el forastero...? ¿Sigue en el rancho?

—Es invitado de la patrona. Parece un muchacho noble. Hemos devuelto el caballo al herrero. Ahora puede montar uno de los muchos que hay en el rancho.

Thomas aprovechó esa circunstancia para decir que era un viejo amante de Liz y que se presentó para unirse a ella. Pero eran muy pocos los que le escucharon.

Se marchó al rancho de John Abbey para huir de los vaqueros que querían lincharle por lo que estaba hablando de la viuda.

—Si era tu amante —dijo un vaquero de John—, ¿por qué no has conseguido que se uniera a la asociación...?

—Es que el esposo, antes de morir, le dijo que no lo hiciera nunca.

Peter, el capataz de Abbey, dijo a éste:

—No conviene tener a Thomas en esta casa. Es peligroso. Lo que habla de la viuda va a crear muchos problemas.

—Sabemos que la viuda no entrará nunca en la asociación, pero si los Pastrys pueden conseguir que quiten la herencia a esa ramera, serían socios al día siguiente. Son millares de reses las que hay en ese rancho.

Peter no quiso insistir.

Los hermanos Pastrys se unieron a la calumnia de Thomas, pero se enfadaban al no encontrar el eco que esperaban.

Se convencían con bastante disgusto para ellos, que la viuda era mucho más estimada de lo que ellos podían esperar.

La campaña la unía con Ames. Aseguraban que era un amante antiguo de ella.

Thomas tenía que estar en la cama... Fue admitido por Abbey como caballista para la asociación... Le dejó en uno de los hoteles que le pertenecían. Y Lucy fue admitida en el rancho que fue y era de los, Rivers, donde vivía Abbey.

Uno amigo, le dijo a Abbey:

—Admites a esa muchacha en esa casa cuando vas a tener que abandonarla.

—No esperes que lo haga.

—Por mucho que te empeñas, no lo podrás evitar.

—No hay quien me haga salir... —añadió John, riendo.

Dos días más tarde, Thomas y Lucy seguían hablando de Liz y de su amante. Una de las empleadas de la casa de Abbey le dijo:

—Toda esa historia debes dejarla para la población... A nosotras no nos interesa nada la comedia que habéis fraguado entre Thomas y tú.

Los hermanos Pastrys eran los que más trataban de avivar la mentira de los dos.

Estando hablando de ello en el saloon de Bill, llegaron los militares. Un mayor, muy conocido en el pueblo, iba al frente de un escuadrón de caballería.

Desmontaron en la plaza el mayor, con un teniente, y entraron en el local. El sheriff estaba allí. Saludó a los militares y dijo:

—¿De paso, mayor...?

—No. Vengo buscando al Marshall U. S. ¿Dónde está hospedado?

—¿El Marshall U. S.? ¿Es que ha estado aquí?

Bill, que estaba escuchando, palideció al darse cuenta que seguramente preguntaban por el forastero.

—Está aquí. Nos telegrafió desde esta población.

Desapareció el color del rostro del sheriff al comprender quién era el Marshall.

—Debe tratarse de ese forastero tan alto que llegó en la diligencia. Ese a quien usted quería dar un plazo de horas para que se marchara de aquí.

—¿Le ha dicho a Ames que marchara y no le ha matado? ¡No lo comprendo en él!

—No dijo que fuera el Marshall.

—¿Es que tenía obligación de decirlo...?

—Está en el rancho de la viuda. Es un invitado de ella —dijo un vaquero.

—Iré a verle. Pero no comprendo cómo Ames ha tenido tanta paciencia.

—En este local le negaron la bebida y en los hoteles le dijeron que no había ninguna habitación libre —dijo el mismo de antes.

—¿Es posible...? No conozco a Ames. Creo que ahora comprendo la razón por la que nos mandó venir —dijo el mayor, riendo.

—No sabíamos que era el Marshall. No dijo nada —exclamó Bill.

—Esperen aquí —dijo al teniente—. Voy a ver a Ames.

El mayor, que sabía dónde estaba el rancho de la viuda, montó a caballo y se alejó. El teniente dejó que los soldados entraran a beber.

—Así que... Le negaron habitación y bebida... —decía el teniente, riendo.

—No podíamos sospechar que era el Marshall.

—Usted le dio un plazo para que marchara, ¿no es eso? —decía al sheriff.

—Lo iba a hacer, pero se marchó de la población y fue invitado por la viuda... Ahora están diciendo que era amante de ella desde antes de casarse con Pastrys.

—¿Quién es el cobarde que ha dicho eso?

—El capataz que tenía la viuda y esos dos, que son los hermanos del esposo de ella que murió hace algo más de un año.

—Nosotros hablamos por lo que decía el capataz —dijo asustado Max Pastrys.

—¿Sabe él que hablan así?

—No debe saberlo. No ha venido por aquí.

—Sólo así se explica que estos dos cobardes sigan con vida —dijo el teniente.

—No es culpa nuestra.

—¡Qué cobardes! ¡Siguen haciendo difícil la vida a esa muchacha! —dijo un sargento al dar con la culata del rifle en el rostro de los dos hermanos.

Estos echaron a correr para escapar de aquel duro castigo. Los dos iban sangrando por la boca.

Cuando el doctor supo lo que pasaba, miró a los dos hermanos y comentó:

—Estaba seguro que los dos acabarían colgados. Así que ese muchacho tan alto es el Marshall federal. No le gustará a Abbey esta visita. Ni a los que le negaron la habitación y bebida.

Un jinete montó a caballo y se dirigió al rancho de Abbey. Una vez allí, dijo:

—¿Está mister Abbey...?

—En la otra casa.

No tardó dos minutos en entrar en ella diciendo:

—Mister Abbey... Hay complicaciones en el pueblo.

—¿Qué pasa?

—Se refiere a ese que están diciendo que era amante de la viuda y al que no dieron habitación en ningún hotel, ni Bill le sirvió bebida.

—Eran órdenes mías... Había hablado mal de mí en la diligencia.

—Pues es el Marshall federal de Nuevo México.

—¡No...! —Exclamó Abbey muy pálido—. No es posible.

—Han llegado el mayor y un escuadrón de caballería preguntando por él. Les había llamado por telégrafo.

—Fue el telegrama que puso y que ni el juez ni el sheriff pudieron averiguar a quién había telegrafiado. Buena la han armado. Y dices que hay muchos soldados —dijo muy preocupado, Peter.

—Un escuadrón completo.

—No podremos evitar abandonar esta casa y estas tierras. Porque los muchachos no se van a enfrentar con los soldados.

Abbey no decía nada, pero estaba muy nervioso.

Antes de marcharse, el jinete informo a todos los vaqueros la llegada de los militares. Todos ellos se dispusieron a marchar. No querían complicaciones con los militares.

Capítulo 6

—Que preparen carretones. Nos llevaremos muebles y cuadros —ordenó Abbey.

Pero cuando Peter buscó a los vaqueros, éstos le dijeron que no iban a hacer nada porque se marchaban.

—No queremos que los soldados nos cuelguen por robar todo eso... ¡Lo lleváis el patrón y tú...!

—¿Es que nos vais a abandonar? Estabais de acuerdo en no dejar la casa ni las tierras.

—Pero no frente a los soldados.

—Sabéis que no se puede desobedecer una orden de la Corte Suprema. Decíais que no teméis a nada ni a nadie —comentó Peter intentando convencerles.

No lo logró.

La negativa de los vaqueros obligaba a Abbey a abandonar todo. No estaba dispuesto a dejarse detener. Decidió ir al rancho de un amigo. Desde allí observaría qué pasaba.

En el pueblo, Bill, estaba muy asustado. No podía olvidar que se estuvo riendo de él y se negó a darle bebida. Lo mismo pasaba a los de los hoteles que le negaron habitación.

Para el juez era una noticia que por inesperada, le asustó mucho. Lo mismo sucedía al sheriff, que no se atrevía a salir del local y eso que lo estaba deseando.

El sargento le dijo que no se moviera hasta que no llegara el Marshall.

—Debió decir quién era cuando llegó... —decía el sheriff, a los amigos.

—Te estuviste riendo de él. Muy burlón, le decías si había encontrado hospedaje.

—No sabía quién era.

—Todo esto, por obedecer a Abbey.

El juez estaba muy nervioso en el juzgado. No podía olvidar que no hizo caso ante la reclamación por haberle negado habitación en los tres hoteles.

Un ganadero que llegó al saloon, al ver a los soldados, dijo:

—Los vaqueros de John cabalgan hacia el Oeste. Parece que se marchan. La mayoría llevan maletas. Eso es que saben que están aquí los soldados.

Dejaron de hablar al entrar Ames con el mayor.

—¡Teniente...! —Dijo el mayor—. Hágase cargo del dueño o encargado de este local, y que el sargento vaya a por los dueños de los tres hoteles. Que les avise a los huéspedes que dentro de dos horas lo abandonen porque se van a cerrar definitivamente.

Ames, al tiempo de darle con la mano de revés en la boca, dijo:

—¡Hola, sheriff...! ¡Cuelguen a este cobarde en esa plaza...! Quiero que la población le vea. Vayan a por el juez antes de que escape y le cuelgan a su lado.

—¡No sabía quién era!

—Ahora puede reír porque no tengo habitación. No importaba quien fuese. Usted debía proteger a cualquiera que le hubiesen denegado esos derechos —dijo Ames.

—Teníamos miedo al equipo de mister Abbey.

—Lleven este cobarde de aquí. No quiero matarle a golpes. Y cuelguen a este otro cobarde con ellos.

Bill trató de defenderse con el «Colt». Ames disparó sobre él.

—Le pueden colgar aunque está muerto —dijo.

Hablando con el mayor, añadió Ames:

—El imperio de un miserable como Abbey, ha estado sustentado por todos éstos que le han ayudado a someter a la población por el terror.

—Teníamos que obedecer a John... —decía el sheriff.

Una hora más tarde, estaban colgados los indicados por Ames.

Thomas, ignorante de lo que pasaba, estaba atendido por Lucy. Las mujeres de la casa no se enteraron de la marcha de los vaqueros y de John con Peter.

Se sorprendieron mucho al ver entrar a unos soldados en la habitación en que estaban Thomas y Lucy.

El sargento les saludó con naturalidad.

—¿Y mister Abbey? —preguntó.

—Si no está en la casa, se encontrará paseando por el rancho —contestó Thomas.

—Usted debe ser el que ha sido amante de la viuda, ¿verdad? ¡Vaya suerte la suya...! ¿Por qué le echó del rancho...? ¿Algún enfado?

—Porque ha venido el que era amante de ella antes de casarse —dijo Lucy.

—¿Quién ha sido el inventor de esa historia...? —añadió el sargento.

—Tiene que creernos, sargento. Es verdad lo que dice Lucy. Se presentó en el rancho ese viejo amante y...

—¡Cuelguen a los dos...! —dijo el sargento a los soldados.

—¡No...! Es cierto que hemos mentido. Estaba enfadado con ella por despedirme.

—¿A quién vendía el ganado que ha estado robando?

—A Max Pastrys. Tiene el mismo hierro. Y a Buck Cocke.

Lucy tenía que ser arrastrada por dos soldados.

—Pido perdón. Estaba muy enfadada por el despido. ¡Es mentira lo que hemos estado diciendo estos días!

Thomas pedía perdón llorando. Los soldados no se ablandaron. Les colgaron frente a la vivienda.

Cuando se marcharon los militares, decía una de las dos mujeres que quedaban allí:

—Tenían que acabar así.

El enterrador se enfadó con los militares. Se le acumuló el trabajo en pocas horas.

La cantina, que era de un matrimonio de edad, se llenó de clientes ante el cierre de la que regentaba Bill.

El matrimonio escuchaba lo que decían los clientes sin intervenir en la conversación.

Comentaban haber visto a los caballistas de la asociación cabalgar hacia el Sudoeste.

En el rancho de Buck, donde estaban John y Peter, comentaban la matanza hecha en el pueblo:

—¡Es un Marshall sanguinario...! No ha perdonado a ninguno de los que se rieron de él al no encontrar hospedaje ni quien le sirviera bebida.

—Y si sabe que estáis aquí, me colgarán con vosotros. Tenéis que marcharos.

—No hablas en serio, ¿verdad? —dijo John.

—No quiero ser colgado contigo.

—No saben que estamos aquí.

—Pero lo pueden averiguar. Es posible que alguno de mis vaqueros lo comente.

—No puedes dejar de ayudarnos.

—Podéis marchar a El Paso. Ya conocéis esa

ciudad. Has cometido el grave error de enfrentarte a las autoridades de Santa Fe. Creías que eras el amo de todo. Asesinasteis al juez para que no pudiera hablar de esas escrituras que extendió, pero al final tenéis que abandonar esto y huir para salvar la vida.

Se celebró el entierro de las víctimas. Los militares se marcharon. Quedaban nuevas autoridades.

Ames esperaba a Liz Pastrys que iba a hacerse cargo de su casa y del rancho.

Para los colonos era una mala noticia los castigos que hicieron los militares. No iban a resistirse como indicaron al principio que iban a hacer.

Estaban completamente aterrados.

Habían visto las colgaduras que hicieron los militares y no se iban a enfrentar a ellos. Era preferible perder todo a tratar de conservarlo con el peligro que ello suponía.

La asociación, con la huida de John, quedaba virtualmente disuelta.

Ames estuvo en el Banco y dio orden de congelar la cuenta que tenía John y que le sorprendió por la importancia de la misma.

Había en ese Banco más de doscientos mil dólares.

De repente, Ames se dio cuenta de algo que había pasado por alto hasta aquel mismo momento. Había estado ciego. Ahora estaba seguro que gran parte de ese dinero procedía de atracos y asaltos a diligencias... Peter y John eran de los que formaban un grupo que huyó de Texas tres años antes... Con el asunto de los terrenos, había dejado de lado la investigación del pasado de John Abbey.

Ames preguntó qué ganaderos eran los más amigos de John. Apareció Buck como uno de los más íntimos. Era el que solía comprar ganado al capataz de la viuda.

Los militares al llegar al rancho ocupado por John, se encontraron con muchas reses remarcadas.

Cómo no había medio de saber a quién pertenecían, decidieron venderlas en subasta pública a beneficio del pueblo. Había muchas reses por lo que el beneficio iba a ser importante.

Ames quería solucionar el problema de los colonos engañados por John.

Como había bloqueado la cuenta del Banco de Abbey, de ese dinero devolvería lo que los colonos habían pagado... Pediría a Lynda que les dejara con esas tierras pagando una cantidad al mes o por años, ya que la muchacha pensaba regresar con su familia... De esa manera, obtendría una renta y de paso la propiedad seguía siendo suya.

Cuando Lynda se presentó, estuvo de acuerdo en lo que Ames proponía. Se hizo muy amiga de la viuda.

Para la viuda, que una joven como Lynda, le ofreciera su amistad sabiendo de dónde procedía, era emocionante y no sabía cómo agradecerlo.

Los Pastrys, castigados por los militares, estaban asustados... No se atrevían a seguir hablando de Liz en la forma que lo hicieron. Pero no por ello dejaban de odiarla.

Lynda, al principio pensó en marcharse pero después de unos cuantos días, cambió de opinión. Iba a poner en marcha el rancho.

Lynda se instaló en la vieja casona. Hizo que volvieran los muebles y los cuadros al lugar que ocuparon durante tantos años.

No iba a resultar sencillo encontrar vaqueros de confianza. También iba a comprar ganado. La viuda le dijo que podía llevarse de su rancho las que necesitara.

Intervino Ames para indicar la cantidad y calidad de las que debía dejar a Lynda.

—Pensaba regresar con los parientes nada más tomar posesión de nuevo de lo que me pertenecía. Pero ahora que estoy aquí, creo que pasaré una larga temporada.

—Cuando yo esté fuera de aquí, debes tener

mucho cuidado con los que se marcharon porque en cuanto se informen de mi marcha y la de los militares, regresarán... Espero que las autoridades te defiendan, pero si no es así, debes telegrafiar al fuerte —dijo Ames.

—Estaremos alerta las dos —dijo la viuda—. Porque en mi caso, también he de estar vigilante. Mis cuñados no me dejarán tranquila, aunque no serán ellos los que aparezcan al frente de lo que hagan... No saben el peligro que habrá para ellos si todavía insisten en molestarme y en llenar mi nombre de lodo. Les enseñaré a respetarme.

—¡No hay algún amigo de tu esposo en quien puedas confiar?

—Había uno que tiene un almacén. Viste elegante y es amable. Visitaba mucho a mi esposo. Después de muerto venía muchas veces a verme a mí. Me resultaba desagradable. Me recuerda a una serpiente... Cuando me avisaban de su llegada, me marchaba o decía que estaba enferma. Terminó por darse cuenta. Se unió a los que me censuraban llegando al insulto. Luego me enteré que era muy amigo de mis cuñados... Al principio me decía que debíamos hacer las paces. Con habilidad, llegó a decirme que para evitar esa tirantez entre nosotros, debía cederles la mitad de esta propiedad —dijo la viuda.

—¿Qué respondiste?

—Me eché a reír —añadió la viuda—. ¿Qué iba a hacer?

—Si vuelven a los comentarios anteriores, no les hagas caso. Tú sigue tu vida.

—No. Si lo hacen, les arrastraré.

—Es posible que no insistan. La intervención de los militares será lo que les frene en su odio a tu persona... Pero al menor temor, tanto tú como Lynda, debéis avisar al mayor que acudirá con la mayor rapidez.

—Espero que no haga falta, pero si así fuera, puedes estar seguro que lo haríamos.

—Y sobre todo, podéis acudir a mí. Lo mismo una que la otra.

Fueron los tres al pueblo... Las autoridades pidieron a Ames que, puesto que habían sido castigados los que estaban al frente de los hoteles y del saloon, debía permitir que volvieran a abrir.

Ames se informó por el herrero que se hizo amigo antes de saber que era el Marshall, de quiénes eran los que iban o pensaban abrir esos locales.

—Me parece que son empleados de Abbey, porque la propiedad de los hoteles y del saloon es suya —fue la respuesta del herrero.

Visitó Ames al nuevo alcalde y llamó al juez del condado.

Unos días más tardé, se hizo la acusación firme de cuatrero a John Abbey. Al mismo tiempo, se decretaba la incautación de todos sus bienes.

Los que iban a abrir los hoteles y el saloon fueron detenidos y sometidos a un duro y exhaustivo interrogatorio.

Hasta que confesaron que Abbey, acompañado de Peter estaban en Silver City.

Esto era lo que Ames quería averiguar.

Después, los detenidos, fueron puestos en libertad, ya que ellos no habían cometido ningún delito. Uno de ellos, presentó un talón en el Banco, pero fue informado que era necesario que se presentara John en el Banco.

Los ganaderos amigos, les informaron de la acusación de cuatrero que pesaba sobre John y que en el caso de que se presentara, sería colgado.

También les dijeron que los fondos que tenía en el Banco habían sido incautados, y destinados a indemnizar a los colonos y también para los que habían tenido faltantes de ganado, ya que en muchas reses todavía podía verse la antigua marca en el ganado.

Los que intentaron abrir los hoteles y el saloon, como todos les miraban con mucha hostilidad, a las pocas horas de ser puestos en libertad, salieron asustados de la población. No pensaban volver a ella. Llevaban demasiado miedo para que pensaran regresar.

Los hoteles y el saloon que regentaba Bill fueron subastados por el Ayuntamiento. El importe se dedicaría para mejorar la clínica y la escuela.

Los que los adquirieron no tenían nada que ver con John Abbey.

Ames no se olvidaba de Buck. Sospechaba que era uno de los que debieron llegar con John. Preguntó por el tiempo que ese ganadero llevaba por allí.

Se sorprendió al saber que Buck era de ese pueblo. Y que el rancho que tenía había pertenecido a su familia durante muchos años.

—Había creído que no era de aquí —dijo.

—Ha estado ausente bastantes años. Hace poco más de tres, que volvió para hacerse cargo de ese rancho. Su padre había muerto pocos meses antes y como no sabían dónde estaba Buck no le avisaron de ello. El padre nunca sabía dónde andaba Buck y solía decir con pena, que le asustaba y que iba a acabar mal.

—¿Dónde estuvo metido...?

—Nunca habló de ello. Parece compraba ganado a un precio y vendía a otro, con buen beneficio. Llegó con mucho dinero. Ahora tiene buena ganadería.

—Por esa época debió llegar John Abbey, ¿verdad?

El herrero se echó a reír y exclamó:

—¿Por qué no hablas claro? Yo también he sospechado que han debido andar juntos por ahí. Lo mismo sospecho de Teo Dumphy... Eran los que formaron la asociación. Los tres llegaron aquí con mucho dinero pero nadie sabe nada de su pasado.

—¿Qué pasa con la asociación...?

—Prácticamente disuelta... Tratan de vender el ganado de manera aislada. La marcha de los caballistas les ha dado esa libertad.

—¿Tenían ganado concentrado...?

—En el rancho de John, que ha resultado remarcado y fruto del robo.

—¿No sospechaban nadie la verdad?

—Sí. Por supuesto. No se atrevían a decir nada. Todos estaban aterrados. Además, las autoridades estaban al lado de él. Por eso hacía lo que se le antojaba.

—Consiguió escapar...

—Es muy extraño que haya escapado dejando dinero en el Banco.

—No tuvo tiempo. No pensó que tendría que escapar con esa rapidez y además, no se atrevió a ir a por ello.

Capítulo 7

Buck y Teo expresaron su asombro de que John tuviera tanta res remarcada... Decían que nunca habían sospechado de él en ese sentido.

—Pues ésos han sido los caballistas que contrató —decía Buck—. Y hasta es posible que él no se haya enterado de ese remarcado.

—No es posible que hable en serio, Buck. Tenía muchas reses con el hierro cambiado para que no se den cuenta —decía un ganadero.

—Yo no admito que John fuera un cuatrero.

—Lo que no se puede hacer es dudar que lo era. Se ha servido de esos jinetes que en realidad eran unos pistoleros a sueldo y cuatreros... Por eso huyeron en cuanto se dieron cuenta que iban a ver el ganado —decía otro ganadero.

—Bueno... —dijo Teo—. La marcha de John no debe liquidar la asociación. No nos hacen falta los caballistas, que han gravado el precio y los gastos... Tenían mucha razón los que protestaban de ese grupo de jinetes que en realidad, lo que hacían podían hacerlo los vaqueros de cada uno.

—Han salido algunos ganaderos con reses para vender directamente. Los que lo han hecho hasta ahora han conseguido mejor precio.

—No. Han conseguido el mismo precio. Lo que sucede es que nosotros teníamos que pagar por un presidente, un secretario, y veinte jinetes. Pues por mi parte, podéis dar por terminada la asociación —dijo un ganadero.

—Se puede reformar y...

—No. Vosotros, podéis estar unidos. Los demás preferimos la independencia que no debimos perder... Desde que estamos en la asociación, hemos vendido reses pero apenas hemos cubierto los gastos del coste de producción.

Comentario que se hizo general... La asociación se había disuelto... Todo intento de Buck y de Teo se estrelló ante una negativa obstinada.

Los caballistas no eran más que un grupo de especialistas en el robo de ganado. Por esa razón huyeron todos ellos.

La huida de John se consideraba definitiva. Al declararle cuatrero, sería colgado en caso de volver.

Ames sospechó que esos dos ganaderos sabían dónde se encontraba John. Encargó al cartero le informara de la correspondencia que recibiera cualquiera de los dos.

Se enfadaba consigo mismo, porque estaba seguro que había tenido ante él a uno de los que buscaban tan afanosamente los rurales de Texas... En ese estado habían cometido varios crímenes y atracos... Era con esos robos donde había empezado el imperio de un miserable asesino que después lo incrementó con ayuda de su temido equipo.

Precisamente, el hermano de Ames, mayor de

ese Cuerpo, era el más interesado en saber si era cierto que andaban por allí, como le indicaron varios anónimos recibidos.

Se había centrado en el asunto de las tierras de los Rivers y se olvidó del encargo de Monty, su hermano de intentar averiguar el paradero del grupo de asesinos que habían escapado de Texas.

Pero si John se había escondido, tenía allí a los dos ganaderos que debieron estar con él años antes. Y por lo tanto formarían parte de aquel grupo que interesaba a los rurales.

Suponía que esos dos ganaderos, de ser ellos, estarían en contacto con John.

Solo tenía vigilar atentamente a Buck y a Teo. Especialmente al primero, que por ser de ese pueblo, estaría más confiado.

Lynda, pidió a Ames que mientras siguiese en el pueblo, se instalara en la casona, ya que tenía miedo de estar sola, con empleados a quienes no conocía.

Los vaqueros también eran desconocidos.

La viuda visitaba a Lynda y ésta solía ir a la casa de ella.

Ames, con el juez del condado, se encargó de legalizar la situación de los asentados en gran parte de las tierras de la enorme propiedad. Para ello, se anularon los documentos de propiedad que el juez asesinado les había extendido... Les devolvieron el dinero que habían pagado a John por esos acres. Quedaron como colonos pagando un canon anual a la heredera y propietaria.

Solución que fue aceptada por todos ellos.

Pero entre éstos, estaban los amigos de John que se asentaron, de acuerdo con él, para buscar la plata de que se hablaba existía en esa propiedad, que muchos años antes ya fue extraída en gran cantidad. Como éstos, eran empleados de John, no tenían documento de propiedad.

Fue el nuevo juez del condado el que al repasar los documentos, se dio cuenta que tres no tenían o no habían entregado el documento.

Los tres fueron llamados a Roswell. Llamada que les preocupó. La ausencia de John les tenía desconcertados, aunque estaban seguros que no podrían asociarles con todos los negocios que John tenía.

La verdadera misión de esos tres era la de vigilar a los demás colonos y observar si encontraban plata, ya que eran muchos los que buscaban en sus terrenos.

Se presentaron en Roswell los tres juntos. Pero fueron llamados por el juez de manera aislada aunque las preguntas fueron las mismas o muy parecidas a los tres... Salieron de allí con la segundad de que tenían que abandonar la vivienda y las tierras.

Pero al reunirse, estuvieron de acuerdo en no abandonar lo que consideraban como de su propiedad, porque John así lo había afirmado.

El acuerdo de Lynda con los colonos no concernía a esos tres. El juez del condado dio cuenta a Ames de lo que pasaba con ellos. El sheriff, una semana más tarde de la llamada a Roswell, les ordenaba abandonar esas tierras.

—No esperes que salga de aquí... —dijo Loftus, uno de los tres desahuciados.

—Tendrás que hacerlo, Loftus. No creas que soy el que va a venir a obligarte a que lo hagas. Se encargarán los militares. Así que la decisión es tuya.

—No es posible que los militares estén al servicio de esa heredera.

—Están para ayudar al juez a que la ley se respete. Y es lo que harán. Pero ya sabes lo que pasó la otra vez. No lo piensan mucho.

Quedó muy preocupado Loftus y visitó a los otros dos que estaban en las mismas condiciones. Los dos estaban decididos a defender lo que les dio John.

—En realidad —dijo Burger, uno de los tres—,

John no nos ha dado nada. Prometió la escritura de estas tierras pero no la dio. Nos ha estado engañando todo este tiempo. Lo mismo que hizo antes. Ellos se llevaban el dinero y nosotros nos jugábamos la vida igual que ellos, pero recibiendo una miseria. Nunca supimos lo que se obtenía de cada atraco a los Bancos y en los asaltos a las diligencias. Estoy seguro que siempre nos engañaron en la cantidad.

Waldford, el tercero, añadió el tercero:

—¡No vamos a conseguir nada con oponernos...! Enfrentarse con los militares es una locura. No merece la pena exponer la vida por esta tierra. Lo que tenemos que hacer, es ir a ver a John que debe de estar en el rancho de algún amigo y que nos dé el dinero que nos pertenece de todo lo anterior.

—Dicen que le han quitado más de doscientos mil dólares que tenía en el Banco. No creo que tenga dinero ahora —comentó Burges.

—Pues yo no saldré de mí tierra —añadió Loftus.

—Cometerás una locura. A quien tenemos que convencer, es a la muchacha, para que pagándole un tanto al año, nos permita seguir aquí. Es la que puede hacerlo.

Se miraron los tres en silencio, y al fin, decidieron visitar a Lynda.

Todavía Ames no se había marchado. Estaba con la joven. Y al conocer quiénes eran los que querían hablar con la propietaria, decidió estar con ella cuando llegaran.

Seguía sospechando que pertenecían al grupo que él quería localizar y que tuvo frente a él sin darse cuenta... Pensó que tal vez los tres sabían dónde se escondía John. Y tal vez pudiera confirmar por ellos, el que Buck hubiera pertenecido a ese grupo de asesinos.

Después de estar hablando con los tres más de una hora, llegó a la conclusión de que habían formado parte de ese grupo, pero que no sabían nada de lo que a él le interesaba. Porque habían sido empleados pero no partícipes.

Comprobado que habían pertenecido al grupo que huyó de los rurales, los tres fueron detenidos, y llevados a la prisión del condado.

Para el juez y para Ames fue una sorpresa que reclamaran a Harold Dunham, uno de los abogados más famosos de Santa Fe.

—No me ha gustado nunca ese abogado —decía el juez.

—Es interesante que estos bandidos le reclamen.

—Le informaremos al abogado que quieren hablar con él.

Ames dijo que hablaría antes con ellos.

A los tres detenidos no les gustó volver a ver a Ames... El más rebelde de los tres era Loftus, que al ver a Ames, exclamó:

—¿Qué quiere ahora, Marshall...? No podemos decirle más de lo que ya dijimos. Lo que tienen que hacer, es llamar a mister Dunham.

—¿Saben lo que cobra ese abogado?

—No se preocupe, Marshall. Nos ayudará.

Ames, que había pensado una treta para hacerles hablar, replicó:

—Bueno. Si es así le diré al juez que telegrafíe a ese abogado. Me sorprenderá mucho si viene a Roswell.

—Deben decirle nuestros nombres...

—¿Os conocerá por el que ahora tenéis?

Loftus quedó silencioso unos segundos.

—Bueno... Tal vez no recuerde nuestros apellidos. Deben decirle que le reclaman Leo, Bill y Hank.

—No podrá hacer mucho... No estáis encerrados por la negativa a abandonar esas tierras, sino por haber tomado parte del grupo de John Buchanan, que es conocido aquí como John Abbey.

—Nosotros éramos conductores. Si las reses que llevábamos a Dodge eran robadas no es nuestra culpa.

—¿Y las que «comprabais» en el camino con plomo?

—Nosotros no hemos intervenido nunca en eso —dijo Waldford.

Ames sonreía.

—Además, no sabíamos que John no se llamara Abbey... Es con este nombre con el que le hemos conocido —agregó Burger.

Nuevas sonrisas de Ames. Y al hablar con el juez, dijo:

—Me parece que son mucho más importantes estos tres de lo que habíamos pensado al principio. Y me parece que para ese abogado va a ser un problema esta llamada.

—¿Crees de veras que tienen relación con ese abogado?

—¿Por qué quieren, sí no, que se le llame...?

—Si es así, intentará no venir.

—Si en verdad les teme, no actuará así, sino que vendrá para tranquilizarles y para asegurar que hará por ellos todo lo que esté en su mano.

—¿Le decimos que le reclaman estos hombres?

—Sí.

Minutos más tarde, Ames le dijo:

—Tengo que ir a Santa Fe, para un asunto que me preocupa. Lo de las tierras ya está solucionado. Estos tres eran los que nos faltaban para acabar con el problema. Me quedan pendientes otras actuaciones que me ha pedido el gobernador. Si tardo en regresar, debes atender a las dos mujeres, Liz y Lynda.... Por suerte, se han hecho amigas y están mucho tiempo juntas.

—La viuda es la que más necesita compañía y protección. La familia del esposo no se va a conformar y menos después de la paliza recibida.

—He debido colgarles.

—Darán guerra.

—De eso, estoy seguro.

Prometió el juez que cuidaría de las dos.

Para Ames era desagradable tener que decir a las dos mujeres que marchaba a Santa Fe. Pero como tenía que hacerlo, aprovechó el domingo que estaba invitado en casa de la viuda estando allí Lynda con ella.

Mientras comían dijo Liz:

—Hemos comentado Lynda y yo, todo lo que te debemos las dos.

—No tiene importancia.

—Fue una suerte que coincidiéramos en la diligencia... Me habría buscado peligrosas situaciones de no encontrarte. Hubiese hablado lo que no debía y me hubieran silenciado los pistoleros que estaban al servicio de John Abbey —dijo Lynda.

—En realidad se llama John Buchanan.

—El nombre verdadero es lo de menos. Me habría dado un serio disgusto.

—Te habrían matado. Era una completa locura lo que hacías al presentarte aquí sola.

—He estado hablando con Liz. Voy a vender esto y volver con la familia que se han debido enfadar mucho al saber que he venido.

—No encontrarás quien pague lo que vale todo esto. No es sencillo.

—¡No tengo prisa...! Lo que quiero salvar es la casona y todo lo que hay en ella. Me quedaré con los acres precisos para que la casona esté rodeada de tierra y árboles.

—Lo que debes hacer, es conservarla. Es una gran pena que la tengas que malvender. Porque, repito, no encontrarás quien pague lo que vale.

—No me refiero a lo que tienen los colonos. Con lo pagarán cada año me encontraré con una renta muy importante.

—Por eso, no necesitas vender.

Intervino la viuda, diciendo:

—Puede dejar una persona de confianza, que se encargue de cuidar la casa. Es lo que voy a hacer yo. No quiero seguir esta lucha con la familia de mi esposo. Porque cualquier día voy a salir con un rifle y con un «Colt» y acabaré con esos cobardes —dijo Liz.

—Lo que tienes que hacer, es no dar importancia a lo que digan.

—Es fácil aconsejar... Pero al final, la paciencia se acaba.

—Ames puede encontrar esas personas de confianza...

—Sabéis que yo no conozco a nadie aquí. También yo, me voy a marchar. He de ir a Santa Fe. Las cosas no van bien por allí y me reclaman... Tengo que ayudar a la persona que me lo pide. Pero como el juez del condado es un buen amigo, le voy a pedir a él, que busque las personas que puedan hacerse cargo de vuestras propiedades y que las atiendan de forma que se obtenga el lógico beneficio que puede sacarse por ellas.

Se presentó el sheriff preguntando si estaba Ames en la casa.

Una vez delante de Ames, dijo:

—Marshall... Se han presentado en el pueblo unos caballeros que aseguran que han comprado a John Abbey la propiedad que tenía aquí... Han ido a verme a la oficina y han estado hablando con el juez. No hay duda que traen un documento que el juez dice sería legal si no se supiera lo de la sentencia de la Corte Suprema. John Abbey ha engañado al juez de Silver City.

Ames sonreía.

—¿Ha vendido en Silver City...?

—Vienen de allí esos tres caballeros... Uno de ellos es el abogado que acompaña al comprador.

—¿Qué le ha dicho el juez?

—No lo sé. No he estado en la entrevista, pero me ha dicho que debía venir a verle a usted para que sepa lo que pasa.

—Es el juez el que tiene que decirles que aquí no hay nada que pertenezca o haya pertenecido a ese vendedor.

—El abogado que viene con el comprador me ha dicho que debo ir a la casa de Lynda Rivers para dar un plazo para que lo desaloje todo.

—Es usted, y el juez, los que tienen que decirles la verdad. No hay por qué perder el tiempo en escucharles.

—No me gusta ninguno de los tres. Han preguntado si estaba aquí el Marshall.

—¿Por qué ese interés en mí...?

—Es lo que me ha sorprendido y por lo que el juez, sorprendido a su vez, me ha dicho que viniera a verle. Me dijo que le diga que tenga cuidado.

—Sospechan que lo que vienen buscando, es a mí, ¿no...?

—Sí. También yo lo pienso.

—Eso indica que mi «buen amigo» John Buchanan no me olvida.

—¿Cómo ha dicho...? —exclamó el sheriff, sorprendido.

—El verdadero nombre que tenía en Texas. Un asesino y atracador que escapó de los rurales hace unos años.

—Oí hablar de ese hombre y su grupo en El Paso.

—Pues el que aquí se ha estado llamando John Abbey es ese sádico personaje.

—¿Entonces... Buck...?

—Tendremos que ocuparnos de él y de Teo

Capítulo 8

—Perdone, Señoría, que insista en visitarle, pero hace tres días que estamos en este pueblo y aún no se ha comunicado a esa muchacha que debe de abandonar la casa y la tierra en que vive.

—¿Quiere leer esa sentencia...? Y, ¿me permite su documentación de abogado?

—¿Es que va a dudar de mí...?

—No dudo, pero por favor, su documentación.

—No llevo conmigo más que papeles sin importancia.

—Pues le ruego que los solicite, aunque tal vez no sea necesario. Supongo que debe de ser conocido en Silver City. El juez de allí le avalará por telégrafo, ¿verdad?

—Espero que lo haga.

—Lea, no obstante, esta sentencia. Es interesante. Dígame su nombre.

—Donald Chesman.

—Gracias —dijo el juez tras escribir el nombre en un papel.

Hizo sonar el timbre que había sobre la mesa y dijo al secretario que entró:

—Por favor, telegrafíe a Fiscalía en Santa Fe este nombre y que nos digan en qué ciudad ejerce como abogado.

—Puede telegrafiar al juez de Silver City.

—Ya lo haré —dijo el juez, sonriendo.

—Es que en Fiscalía no deben tener aún mis datos... Hace muy poco que estoy en Silver City. Estoy trabajando mientras se tramita la autorización.

—No comprendo...

—Es que no soy de Nuevo México.

—Es decir que está usted sin autorizar oficialmente. Y sin embargo, sabe que el juez le avalará a usted, ¿no es así? En ese caso, su visita es como Donald Chesman, no como el abogado Chesman, ¿verdad?

—Soy abogado.

—Sin registrar y sin autorización de Fiscalía de aquí.

—Se está tramitando esa autorización.

—Cuando la tenga, podrá trabajar como abogado. Es usted texano, ¿verdad...? ¿Me dice dónde se graduó usted? ¿Universidad...?

—Me gradué en Kansas.

—¿Universidad y fecha?

—Topeka y año 1868.

—Gracias. Cuando reciba respuestas, le avisaré. Y en lo que se refiere al asunto que le ha traído a este pueblo, no van a conseguir nada. ¡Claro que usted ya lo sabía antes de venir...! Me interesa saber por qué ha realizado este viaje sabiendo que no va a conseguir nada, porque supongo que Buchanan le ha dicho a usted la verdad.

—Tiene una escritura legal de propiedad.

—Lea esa sentencia.

Chesman, nervioso y bastante pálido, leyó el

documento que el juez le había tendido.

—Sí... Creo que Buchanan nos ha engañado.

El juez sonreía... Nada más salir Chesman, mandó llamar el juez al sheriff y al estar éste ante él, le dijo:

—Busque al Marshall con urgencia y que venga a verme.

—Le he visto en la posta. Parece que espera a alguien.

—¿A esta hora...?

—Es la que viene del Sur.

Se marchó el sheriff hasta la posta. En ese momento llegaba la diligencia. Un hombre de unos treinta años se abrazaba a Ames. Era alguna pulgada más tan alto.

Se acercó el sheriff para decirle lo que el juez le pidió.

—¡Hola, sheriff...! —Dijo Ames al ver acercarse al de la placa—. Le presento a mi hermano Monty, que viene a pasar unos días conmigo.

Se saludaron los presentados y el sheriff dio el encargo del juez.

—Ahora mismo iremos a verle, ya que mi hermano saludará al juez, aprovechando su llamada.

Minutos más tarde estaban los tres reunidos con el juez en el despacho de éste... Les informó lo sucedido con Chesman.

—Dice que ese abogado se llama Donald Chesman ¿no? —dijo Monty.

—En efecto. Es el nombre que me ha dicho. Voy a telegrafiar a Fiscalía a pesar de lo que me ha dicho sobre su persona... Dice que está en trámite su autorización para poder trabajar en este territorio.

—Me gustaría ver a ese abogado. A ser posible sin que me vea a mí.

—Una aclaración —dijo Ames, sonriendo—. Mi hermano es mayor de los rurales. Le he llamado porque quiero que vea a Buck y a Teo... Sospechamos que formaron parte de un grupo capitaneado por John Buchanan que aquí se ha llamado John Abbey... En Texas cometieron delitos por los son merecedores de varias cuerdas para cada uno de los que formaban ese grupo.

—¿Chesman estaba en ese grupo? —preguntó el juez.

—Hubo un Chesman, abogado —dijo Monty—. Estuvo en San Antonio, amante de la dueña de un saloon que fue acusada como cómplice de unos atracadores que consiguieron huir. Chesman fue su defensor. Y lo hizo bastante bien, pero sospechamos que su éxito se llamaba «jurado trabajado»... Eso significa que el jurado por miedo o soborno ayuda a los detenidos... Sospechamos que Chesman estaba complicado en aquel atraco... No pudimos convencer al juez, que días más tarde apareció muerto en su despacho... Ese abogado era de Kansas y fue autorizado por Austin para su trabajo en el estado... Es muy sospechoso que aparezca de abogado en Silver City, donde se encuentra Buchanan que era el jefe de aquel grupo de asesinos y ladrones.

—Yo sospecho que los dos que vienen con él, uno de ellos como comprador de lo que tuvo Buchanan esos pasados años, no son más que dos pistoleros, que traen la misión de disparar sobre el Marshall, ya que Buchanan no le perdona lo sucedido aquí... Se ha visto obligado a huir para no ser colgado.

—Tenemos que ver a esos caballeros —dijo Ames—. ¿No te parece, Monty...?

—Desde luego —respondió el hermano.

—¿Le conoce Chesman a usted?

—Lo mismo que yo a él —añadió Monty.

—Si le ha visto al llegar en la diligencia, sospecho que ya no le van a encontrar en este pueblo —dijo el juez.

Los dos hermanos se despidieron de las autoridades locales para ir hasta el rancho de la viuda. Se iban a instalar allí. Monty, también saludaría a Lynda. Pero antes de marchar al rancho decidieron buscar a esos dos caballeros.

El sheriff les había indicado el hotel en que estaban hospedados. Sospechaban que el que ahora ejercía de dueño, era un representante de ese bandido.

En la parte baja del mismo, como sucedía con la mayor parte de los hoteles del Oeste, había un saloon.

Los dos hermanos entraron en él.

El barman se puso nervioso al ver a Ames e inmediatamente hizo señas para los que estaban jugando al póquer.

Pidieron de beber y Ames preguntó al barman:

—¿No está aquí el que dice que ha comprado el rancho Rivers?

—Ha salido con sus dos acompañantes. Creo que iban a hablar con el sheriff para que la muchacha abandone esa propiedad. Querían visitar a los colonos.

—Están hospedados aquí, ¿verdad?

—Sí. El abogado que ha venido con ellos se marcha mañana en la primera diligencia. Parece que no puede estar más tiempo aquí.

Los dos hermanos sonreían levemente.

—¿No han preguntado por mí? —agregó Ames.

—Sí. Preguntó el abogado. Parece que quería hablar con usted.

—¿A qué hora dan la comida...?

—Falta una hora aún.

—¿Nos sentamos...? —Dijo Monty—. Podemos esperar a que regresen.

—Me parece una buena idea.

Se sentaron desde donde dominaban la entrada sin ser vistos por la ventana.

La única empleada que había se acercó a preguntar si iban a beber algo.

—¿Qué tal está la viuda...? —preguntó la muchacha.

—Muy bien —respondió Ames—. ¿Es que la conoces?

—La conocí en El Paso. Nos alegramos mucho

que se casara. Decían que era rico. He visto al llegar aquí que era verdad. Es una gran muchacha. Eran muchos los que andaban tras ella. Pero se supo mantener firme. Tuvo serios disgustos con el dueño del local donde trabajaba porque no atendía a sus amigos en la forma que él deseaba.

—¿Has conocido a John Abbey...?

—No. Llevo poco tiempo aquí... Le voy a decir algo que ruego no comente. No se le estima en esta casa, Marshall. ¡Cuidado...! El barman está pendiente de mí. Pidan algo de beber, por favor.

Así lo hicieron los dos, y para que el barman se alegrara, pidieron champaña.

El barman dijo a la empleada:

—Parece que has sabido convencerles. Así me gusta... Son los clientes que interesan. ¿Quién es el que está con el Marshall?

—No lo sé. ¿Es que no es de aquí?

—Es la primera vez que le veo. No lo sé...

—Son altos los dos.

—¡Ya lo creo...! ¿Qué hablabas con ellos...?

—Me han preguntado qué tal me defiendo económicamente. Y les he dicho que esta población no es como otras en las que he trabajado.

—No te puedes quejar...

—No voy a estar mucho tiempo. ¡Saco muy poco! Creí que sería otra cosa.

Recogió la botella con tres copas y se marchó junto a los hermanos.

El elegante que pasaba por dueño y que las autoridades sospechaban que era enviado de John se acercó al mostrador para preguntar al barman:

—¿Quién es el que está con el Marshall? Dicen que ha llegado en la diligencia.

—No ha dicho nada.

—Que Glory trate de averiguar. Por lo menos es un buen cliente. Bebe champaña.

—Me ha preguntado por el abogado, pero él también preguntó por el Marshall. Deben esperar a que lleguen a comer. Parece que el juez no accede a que la Rivers abandone esa propiedad.

—Pues Chesman asegura que tendrá que hacerlo.

—Han hablado mucho de eso. Dicen que la sentencia es de la Corte Suprema. No hay nada que hacer frente a esa disposición.

—John tenía una escritura de propiedad...

—¿Por qué se marchó?

—Los militares empezaron a colgar. No iba a dejar que lo hicieran con él.

En la mesa en la que la muchacha se sentó, decía Monty:

—¿Quién es el elegante que habla con el barman?

—El dueño.

—Parece que está intrigado con mi presencia.

—Ya lo he dicho antes. No se estima al Marshall en esta casa.

—Tendrán sus razones... —dijo Monty, riendo.

—Dicen que tuvo cerrados los hoteles muchos días. Ahí entran esos tres.

Ames y Monty miraron con indiferencia a los tres. No se movieron.

Los tres se volvieron para mirar a los hermanos al hablar con el barman, que les dijo estaba allí el Marshall y que preguntó por ellos.

Chesman palideció muy intensamente al fijarse en Monty.

—¡Maldición...! ¡Cuidado con el que está con el Marshall! Es muy peligroso. ¡Es un mayor de los rurales! —exclamó.

—No te preocupes. No estamos en Texas.

—Es uno de los hombres más duros que tienen.

Los dos hermanos se levantaron y fueron hacia los tres.

—¡Qué sorpresa, Chesman! —Dijo Monty—. ¿Qué hace aquí? Abandonó Texas con bastante rapidez. Creo que Edith lamentó su ausencia. ¿Sabe que fue colgada?

—¡No es posible! ¡No sabía nada...!

—San Antonio se alegró. Fue un gran día para aquella ciudad. ¿Es que trabaja usted aquí, en Nuevo México?

—Me ha dicho el juez que ha venido desde Silver City con uno que asegura que ha comprado los terrenos del Rivers. ¿Quién es el que dice eso? —Preguntó Ames.

—Lo he comprado yo, Marshall. Puedo enseñarle el documento que lo atestigua y que está firmado por el juez de Silver City. Ahora se lo en...

El barman y el que decía ser dueño del local se sorprendieron al oír los disparos.

Los dos que estaban con el abogado tenían los brazos rotos y colgando a los costados. Al pie de ellos las armas que trataron de usar con el pretexto de sacar un documento pero que en realidad lo que buscó fue el «Colt» que llevaba oculto en el pecho. El otro también quiso usar el revólver que sacó a su vez del pecho.

Ames dio con la mano de canto en el rostro del abogado, que cayó al suelo.

Monty disparó dos veces más.

El barman cayó en el interior del mostrador con un agujero en la frente y un «Colt» empuñado. Y el que decía ser el dueño cayó de bruces.

—¡Cobardes traidores...! —exclamó Ames.

—Veo que te estimaban mucho... —decía Monty, sonriendo.

Los dos pistoleros fueron golpeados brutalmente por los dos hermanos. Murieron.

—Así que vinisteis para verme —dijo Ames golpeando al abogado.

—No sabía que iban a disparar... —decía el abogado.

—¿Dónde está Buchanan? —preguntó Monty.

—En Silver City...

—¿Qué les encargó?

—No sabía nada de lo que esos dos han intentado. Tiene que creerme, mayor.

—Vinieron dispuestos a matarme a mí, ¿no es

verdad? —decía Ames.

—No sabía nada... Vine para reclamar la propiedad que Buchanan vendió a éste.

—¡Qué cínico y embustero es...! —exclamó Ames, derribando al abogado de un duro golpe en el rostro—. Levante, cobarde. No quiero matarle en el suelo. ¡Le voy a colgar!

—No tengo la culpa de lo que ésos intentaron.

—Pero... ¿Quién contrató a esos dos pistoleros? —preguntó Monty.

—Es verdad que no sabía nada.

—Asesino embustero —agregó Monty volviendo a derribar al abogado.

En el suelo le dio una patada en la frente. El resultado estaba patente. La frente quedó destrozada.

Seguros de la muerte del abogado abandonaron el local sin pagar la bebida.

La muchacha apenas si respiraba. Estaba asustada.

—¡A otros, les hubieran sorprendido...! Lo hicieron bien. Me extraño oír los disparos, pero al ver las armas que les cayeron de la mano, comprendí la verdad —dijo uno.

—Debe ser cierto que vinieron con la idea de asesinar al Marshall. No sospechaban el peligro que hay en ese muchacho.

—¡Lo mismo que el otro...! Y le llamó mayor el abogado.

—El barman trató de traicionarles y lo mismo Henry —comentaba otro más.

—Ahí están dispuestos para ser enterrados los cinco.

Los dos hermanos se marcharon al rancho de la viuda. Le contaron lo sucedido.

—¡No te perdona ese granuja el daño que le hiciste...! Perdió sus locales y tuvo que abandonar la casa y el terreno que se había apropiado. No será el último emisario que te envíe —dijo Liz.

—Si le encuentro, le colgaré.

—Y ese abogado...

—De haber sabido que estaba yo aquí no se habría atrevido a venir... Sabía que en cuanto le viera, le iba a colgar o matar.

—Tienes que ver a Buck y a Teo —dijo Ames.

—Puedes estar muy seguro que son de los que formaban aquel grupo de atracadores y asesinos.

—Debes verles de todos modos. Me abofetearía al pensar que he tenido a Buchanan ante mí y no lo sabía.

—Le cogeremos en Silver City.

—Si se informa que éstos han hablado, no le veremos allí.

—Sí. Ese peligro existe. Es por lo que tenemos que ir lo más rápidamente posible.

—Podemos salir mañana mismo.

—Será lo que hagamos.

Capítulo 9

Un vaquero de Buck llegó a la casa principal para decir:

—Quiero hablar con el patrón...

—¡Di que pase...! —gritó Buck desde el comedor.

Una vez el vaquero frente a Buck, le dijo:

—¿Conocía usted al abogado que llegó de Silver City acompañado con el que decía que había comprado el rancho Rivers?

—Sí... He estado hablando con él en el pueblo.

—Han muerto el abogado y los otros dos.

—¡No es posible! ¿Alguna pelea?

—Con el Marshall, al que quisieron asesinar.

—No es posible. ¿Por qué lo iban a hacer?

—Se comenta en el saloon donde ha sucedido, que debían ser dos pistoleros enviados por mister Abbey para sorprender al Marshall. Trataron de hacerlo, pero el Marshall y el que le acompañaba son muy rápidos. A otros, les habrían sorprendido, porque lo hicieron muy bien.

Y explicó cómo sucedió.

—¡Eran dos torpes...! —exclamó Buck, sorprendiendo al vaquero que le informaba, quien, al salir de la casa, pensaba en esas palabras.

Sabía que el patrón no estimaba al Marshall por la amistad que tenía con John, que se demostró que era un cuatrero y que de regresar, sería colgado por los ganaderos a quienes faltó ganado.

Comentó con un compañero lo que había dicho Buck, y este vaquero dijo:

—Estaban de acuerdo en todo con John. La asociación era un buen negocio. Enviaban ganado robado entre el que obligaban a entregar a los asociados. Teo y el patrón echan la culpa a John, pero se sospecha que ellos estaban de acuerdo en robar el ganado... Eran los caballistas los encargados de robar y llevarlo al rancho de John, por eso huyeron.

Buck había quedado intranquilo y contrariado... Esperaba otra noticia. No sospechaba que los que llegaron con el abogado, y éste mismo, pudieran ser derrotados con el «Colt».

Le visitó Teo, interrumpiendo los paseos que estaba dando por el comedor.

—Vengo a informarte de...

—¡Hace poco me lo ha dicho uno de los vaqueros...! Resulta un Marshall demasiado peligroso. Parece que lo hicieron bien, pero sin resultado.

—Es lo que dicen los testigos. Debe ser cierto porque a ellos se les va a enterrar hoy, y el Marshall sigue como estaba.

—Lo que no comprendo es que matara también a Chesman.

—Quizás dijo algo que les molestó. Le han matado a golpes.

—¿Quién le ha ayudado...?

—No es conocido. Había llegado en la diligencia y el Marshall le estaba esperando y se abrazaron a su llegada.

—¿Forastero?

—Eso parece... Muy rápido también. Dispararon los dos a la vez sobre los pistoleros llegados de Silver City. También lo hicieron sobre el barman y Gordon.

—Hay que hacerse cargo de ese hotel y Saloon.

—No creo que lo permita el juez. No quiero complicarnos. ¿Qué vamos a decir para ello? Habría que confesar que Gordon no era más que un emisario de John. Las cosas no están como antes para ir diciendo que somos socios de John. Si no estuviera el Marshall podríamos hacerlo. Pero con él aquí, no...

—No irás a decir que tienes miedo del Marshall, ¿verdad?

—Después de lo que ha hecho, no es para tomarlo a broma.

—¡Vamos, Teo...! —decía Buck, riendo.

—Los testigos afirman que los dos son extraordinarios. Lo que indigna, es que todos coinciden en que los cinco están bien muertos.

—¿Qué se sabe de los detenidos?

—Siguen en Roswell...

—Si se ven en peligro, los tres son muy capaces de hablar.

—La acusación carece de importancia... El negarse a abandonar esas tierras no es delito que deba preocuparles. ¿No ha ido a verles alguno de los amigos?

—El secretario del Juzgado de aquí dice que ha mandado llamar a Dunham.

—¿Es posible? No le gustará al abogado esa llamada. Es una locura lo que han hecho. Van a preguntarse de qué tienen relación con ese abogado unos colonos de aquí. Y el juez del condado y el Marshall no son tontos.

—No creo que acuda...

—Es que si no acude, el peligro será mucho mayor. Lo que hay que conseguir es que no sigan hablando lo que no deben.

—Se encargará Dunham de decírselo.

—Eso, si es que va a verles... Hay que averiguar si el juez tiene otros motivos contra ellos. La negativa a abandonar esas tierras, no es para tenerles encerrados tantos días.

—¡Bah...! No creo que pase nada.

Pero el abogado de Santa Fe que fue reclamado por los detenidos, se sorprendió y se asustó cuando le dieron la noticia.

—¡No comprendo por qué me reclaman a mí de Roswell...! —Dijo al empleado de Fiscalía que fue a darle cuenta de la reclamación de esos detenidos.

—Mi misión es informarle, mister Dunham. Usted puede rechazar ese caso. Dice que no le interesa y ya está. En Boswell hay dos abogados en ejercicio.

—Seré lo que haga. ¿Se sabe algo de qué se les acusa?

—No sé nada.

—Iré a Fiscalía para tratar de informarme.

Y no tardó mucho en hacerlo.

Uno de los ayudantes del fiscal le dijo que se había recibido una nota de Roswell, en la que el juez de allá informaba que Harold Dunham había sido designado como abogado de los tres.

—Y la nota añade que le diga se trata de León, Bill y Hank —dijo el ayudante.

El ayudante se dio cuenta que el abogado palideció al oír esos tres nombres.

—Bueno... Ya pensaré qué hago.

—Debe decirnos cuanto antes, si acepta para comunicarlo al juez de Roswell.

—Así lo haré —agregó el abogado.

Y salió de Fiscalía muy asustado.

No le gustaba que esos tres pistoleros se acordaran de él en ese caso. Tenía miedo a negarse, pero también le asustaba presentarse allí y que hablaran lo que no debieran en presencia del sheriff encargado de la prisión.

Se le planteaba un difícil problema. Sabía que

John había tenido que huir de Ruidoso. Durante tres años que duró el pleito del rancho Rivers, le había estado diciendo que no insistiera y que soltara esas tierras y las viviendas antes de que se fallara en contra de él. Pero John seguía como había sido siempre. Creía que por terror se podía conseguir todo. Pero el miedo a los tres que estaban detenidos radicaba en el pasado. Había estado muy unido a ese grupo de atracadores. Unión que le llevó a abandonar Texas antes de que le colgasen.

Los nombres que le daban pertenecían a tres de los asesinos más sanguinarios de todo el grupo. Lamentaba que se hubieran acordado de él.

No sabía qué hacer, pero, al fin, decidió ir a verles. Era el único medio de evitar que hablaran lo que no le interesaba a nadie.

Dijo a Fiscalía que iría tres días más tarde.

El día que iba a salir hacia Roswell se informó de la muerte de Chesman en Ruidoso. La noticia carecía de datos. No sabía, la razón de esa muerte y la de dos pistoleros que le acompañaban. Con esta noticia, su miedo, aumentó... Pero era más peligroso si aquellos tres asesinos, empezasen a hablar si él no iba a verles. Le podían complicar resucitando su relación con Buchanan y su grupo.

Como anunciaron al Juzgado de Roswell su llegada para tres días más tarde, avisó el juez a Ames. Y éste dijo a su hermano que le acompañara para que viera a los detenidos y al abogado cuando llegara.

—El nombre de Harold Dunham no me dice nada. No recuerdo ningún abogado con ese nombre —dijo Monty.

—Es muy extraño que le reclamen... No hay duda que han pertenecido al triste grupo de Buchanan.

—Sería más interesante buscar a Buchanan en Silver City...

—Si sabe que han muerto sus emisarios, ya no estará en esa población. Será un viaje inútil. Lástima que le dejaste escapar de aquí.

—Me cegó el asunto de Lynda y me olvidé de lo otro.

—Quiero ver a esos dos ganaderos.

—Parece que vienen poco por el pueblo. Pero si mañana no lo hacen, iremos a sus ranchos.

—¿No crees que es una locura? Si se ha comentado lo que dijo el abogado antes de morir, supondrán que soy yo, y no esperes que nos reciban con una sonrisa. Si nos ven avanzar por el campo nos recibirán con plomo. Así que vamos a esperar a que sean ellos los que vengan al pueblo.

—En ese caso, vamos primero a Roswell.

—Como quieras —dijo Monty.

Y los dos se marcharon hacia Roswell. El juez les recibió con agrado y les dio cuenta que el abogado estaba al llegar.

—¿Han dicho ellos algo que haga suponer que son conocidos? —preguntó Monty.

—No hay duda que tienen mucha esperanza en ese abogado. Y si es así, indica que son conocidos de él. Lo que sorprende es que sólo hayan dado los nombres de los tres y no el apellido.

—Mi hermano quiere ver, ahora mismo, a esos detenidos —dijo Ames.

—No soy la persona que debía hacerlo, sino uno de los sargentos que siguen en San Antonio. Pero tal vez yo también les conozca —aclaró Monty.

Los detenidos, al oír abrir la puerta que comunicaba el despacho del encargado de la prisión de las celdas en que ellos se encontraban, se acercaron a la reja de hierro, con la esperanza de que se tratara del abogado quien iba a entrar.

Pero al ver a Ames que entró en primer lugar, se echaron hacia atrás y se colocaron al final de la celda de cada uno.

Monty se acercó lentamente a las celdas y ellos, que no miraban a los visitantes, les dieron la espalda.

—¿Qué os pasa...? —dijo Ames, sonriendo—. ¿No queréis verme...?

Monty sonreía. Se habían vuelto de espaldas, pero había visto sus caras.

—¿Cómo han dicho que se llaman? —preguntó al juez que entró con ellos.

—Luftus, Burges y Waldford —respondió el juez,— Se llaman: Curling, Flasher y Rice.

Los tres se volvieron al oír estos nombres. Se abrieron sus ojos con mucha sorpresa y verdadero disgusto.

—¡El capitán Baker...! —exclamó Curling.

—Mayor hace dos años, Curling —dijo Monty, sonriendo—. Os quedasteis aquí... No está tan lejos de Texas. ¿A quién se le ocurrió la idea? ¿A Buchanan...? No habéis sabido prescindir de él y eso que me parece que se ha reído de vosotros y os ha dado una miseria de lo que sacabais de los atracos. Ha sido el más inteligente del grupo. No os molestéis en juicios ni en papeleos. Lo que tenéis que hacer, es colgarles esta noche... ¡Son asesinos y atracadores! Podrían venir muchos testigos de Texas, pero, no merece la pena. ¡Vamos...! El imperio de un miserable asesino, se está desmoronando.

—¡Nosotros no hemos intervenido en los atracos! ¡Ni en los robos a las diligencias...! Hemos estado criando ganado —exclamó Curling.

—No lo penséis más... ¡Esta noche les colgáis...! El territorio os lo agradecerá. ¡Han asesinado a muchas personas!

—¡Nosotros no...! ¡Era a Buchanan a quien le gustaba disparar...! Nosotros le hemos tenido mucho miedo. Nos habrían matado de no hacer lo que él decía, todos los que eran sus incondicionales...

—¡Tienen que escucharnos...! —gritaba Flasher cuando les veía salir de las celdas.

Los tres detenidos se dejaron caer en el camastro.

Cuando entró el que les pasaba la comida, les dijo:

—¡Ha sido una fatalidad para vosotros que el hermano del Marshall os conociera!

—¿Es que el rural es hermano del Marshall?

—Sí. Están convenciendo los dos al juez para que esta noche se os cuelgue.

—¡No pueden hacerlo...! Tendrán que llevarnos a la Corte y el abogado Dunham se encargará de nuestra defensa.

—No sé si llegará a tiempo para veros.

Los tres quedaron temblando al salir el ayudante del sheriff.

—¡Nos van a colgar...! —decía Curling.

—¡Calla...! —le gritaron los otros dos.

Al llegar la noche, el pánico aumentó en ellos... Cualquier ruido les hacía saltar. No podían cerrar los ojos. No podían dormir.

De madrugada, al oír rechinar la puerta, se encogieron los tres... Les castañeaban los dientes de manera violenta, que se oía en el silencio que reinaba.

—¡Nooo...! —gritó Rice, temblando al ver al sheriff ante la celda.

—El Marshall y su hermano, el mayor Baker, quieren hablar con vosotros. Es posible que haya una solución, pero depende solamente de vosotros.

—Haremos lo que quieran y diremos lo que sepamos...

—Eso se demostrará cuando habléis con ellos.

—¡Sí...! ¡Sí...! —decían los tres.

Minutos más tarde se presentaron los dos hermanos acompañados por el juez, a pesar de la hora.

Fue Monty quien dirigió el interrogatorio. Aunque en realidad sólo hizo una pregunta. Se refería a un atraco a cierta diligencia, en el que murieron dos viajeros, de los seis que iban en el vehículo. Preguntó:

—¿Quién os avisó que debíais atracar esa diligencia? No llevaba remesa de dinero. Y no conseguisteis mucho de lo que los viajeros llevaban. ¿No lo recordáis...?

—Sí... —dijo Curling—. Lo recuerdo... Nos

encargó Buchanan que matáramos a dos de los viajeros. Nos dio las señas de ellos. Los restantes podían quedar con vida.

—¿Pero quién dijo a Buchanan que matarais a esos dos...?

—Yo lo sé —dijo Flasher.

—¡Habla...!

—Dos días antes estuvo Buchanan hablando en un saloon de El Paso con el mayor Stone y con el abogado Dunham...

—¿Estás seguro que era el mayor Stone...?

—Completamente seguro... Y después de esa conversación, nos dijo Buchanan que teníamos trabajo.

—¿Sabéis qué hacía Dunham allí...?

—Creo que llegó de San Antonio para defender a un acusado. Era un contrabandista, que no llegó a ser juzgado. Le mataron en la celda, disparando desde la pequeña ventana de ventilación que tenía la celda.

—¿No dijo Buchanan la razón de que matarais a dos viajeros en especial?

—Nos dijo que eran dos cerdos rurales. Fueron sus palabras.

—Que escriban esta declaración y la firmen los tres, pero ante testigos de solvencia moral, aparte de Su Señoría. Y del sheriff.

Pocas horas más tarde estaba firmada la declaración, y como testigos, lo hicieron los dos abogados que había en Roswell, el juez, el sheriff y Ames, como Marshall.

Los tres asesinos no pensaron que lo que habían hecho, era firmar su sentencia de muerte. Pero esperaban que se presentara el abogado Dunham.

Para ese abogado sería una gran tranquilidad si al llegar a Roswell se encontrara con la noticia de que los tres habían sido colgados.

El abogado se presentó al día siguiente de firmada esa declaración.

Ames le conocía de Santa Fe y le estuvo

saludando con naturalidad... Monty no se presentó a él. No quería que pudiera sospechar la razón de su presencia allí.

—Me ha sorprendido mucho —dijo Ames al abogado— que esos detenidos reclamaran su presencia y que le hayan designado abogado de ellos.

—También me ha sorprendido a mí.

—Usted debe de conocerles. Y ellos a usted cuando le han designado su abogado.

—Tal vez en mi vida profesional les haya conocido alguna vez. Quiero decir que les haya tratado con motivo de mi trabajo.

Pidió Ames al sheriff que hiciera llevar a los detenidos a su despacho.

Capítulo Final

Palideció el abogado al ver a los tres que le saludaban como un viejo amigo.

—No me acuerdo de ustedes... —dijo con naturalidad.

—¿Es posible que no nos recuerde? —dijo Rice, sonriendo—. Fue usted el que en El Paso nos pidió que silenciáramos al detenido.

Ames abrió los ojos sorprendido, porque eso no lo habían declarado. El asesino había hablado furioso por negar que les conociera. Se traicionó a sí mismo.

—¡Tiene que estar loco...! —Exclamó el abogado—. No sabe lo que dice.

—No querían usted ni el mayor Stone que pudiera hablar. Días más tarde nos encargó lo que teníamos que hacer con dos viajeros de la diligencia que teníamos que atracar. Era la muerte de los dos rurales, el verdadero objeto de ese atraco... No querían que llegasen con vida a El Paso.

—¡Está loco! Supongo que no le creerán ustedes. No acepto ser el defensor de ellos. Pueden volver a la celda —decía a Ames y al sheriff.

—Debe tener paciencia, abogado —dijo Ames.

—¿Es que va a dar crédito a estos locos asesinos? Están confesando que han matado a varias personas.

—Muertes ordenadas por usted y también por el mayor Stone que estaba de acuerdo con los contrabandistas —añadió Curling.

—¡Qué locura...! Todos conocen en Texas al mayor Stone... No comprendo que se pueda hablar así.

—Usted ha vivido en Texas, ¿no es así, abogado?

—Eso no quiere decir que lo que dicen estos hombres sea verdad.

—Pues sólo he preguntado si ha vivido en Texas —añadió Ames.

—Sí... Vine de allí a este territorio.

—Y fue muy amigo de Buchanan, ¿no es así?

—Amigo, no. Le defendí una vez hace bastantes años. Es de lo que le conozco.

Los tres detenidos se echaron a reír al oír eso.

—No mienta. Está hablando ante nosotros. Ha estado muchas veces con Buchanan y con nosotros —dijo Curling.

—No quiero seguir perdiendo el tiempo.

—No se marche, abogado. Lo que dicen estos hombres es muy interesante.

—¡Supongo que no cometerá la torpeza y la injusticia de creer lo que están diciendo!

—Pero no negará que es muy interesante y que merece la pena una comprobación. No creo que estos tres tuvieran intención de perjudicarle sin conocerle. Hay hechos a los que se refieren que no hay duda sucedieron. La declaración de estos detenidos le complica a usted muy seriamente. Lo vamos a comprobar.

—Se convencerá que es falso todo lo que dicen.

Ames hizo señas al sheriff y éste se asomó a la puerta de la calle.

El abogado se quedó paralizado al ver a Monty que entraba con el sheriff.

—¡Hola, abogado...! ¡No esperaba que nos viéramos aquí! ¿Le ha dicho mi hermano que hay una grave acusación en contra de usted?

—¿Su hermano...?

—Es el Marshall U. S. de Nuevo México.

—Pero es una falsedad lo que dicen. Y no comprendo la razón de que hayan mentido de esta forma. Están acusando a un compañero suyo al que usted conoce...

—Y que sospechamos ya hace tiempo que no es más que un bandido y una vergüenza para el Cuerpo. Lo que estos tres han dicho confirma nuestras sospechas. Le aseguro que será castigado por nosotros y sin escándalo.

—No es posible que den crédito a estas falsedades.

—¿Permite su revólver? —dijo el sheriff.

—No comprendo...

—Y el que lleva en el pecho —añadió Ames, sonriendo.

No dejó de protestar mientras le metían en una celda junto a los detenidos.

—Pues me quejaré al fiscal y al gobernador... —decía, mientras el sheriff cerraba la puerta de comunicación con su despacho.

Al quedar solos, dijo a los tres detenidos:

—¡Sois unos estúpidos...! ¿No comprendéis que habéis confesado haber asesinado a varias personas? ¿Qué esperáis conseguir con esa locura? ¡Vais a conseguir la cuerda!

Los tres reaccionaron y comprendieron que el abogado tenía razón.

No pudieron comentar muchas más veces lo sucedido, porque esa noche colgaron a los cuatro.

Ames y Monty regresaron a Ruidoso. Tenían que

castigar a los dos que quedaban allí del grupo de asesinos. Y después buscarían a Buchanan.

Para las muchachas era una alegría el regreso de los dos. Lynda les invitó a su casa y también acudió Liz.

—¿Sabes que ha venido un abogado a ver a Liz? —dijo Lynda a Ames.

—¿Y qué es lo que quiere ese abogado...?

—Hablan de impugnar el testamento del esposo.

—¿Todavía insisten en esa tontería...?

—Dicen que ese abogado tenía un testamento del muerto en el que deja a su esposa treinta mil dólares, pero el rancho para sus hermanos, porque no quería que saliera de la familia.

—Muy interesante... ¿Y han esperado tanto tiempo...?

—Dicen que ese abogado ha estado fuera del territorio. Y al regresar se ha encontrado con la noticia de la muerte de Jorge —aclaró Liz.

—¿Qué ha dicho el juez...? Se habrá reído.

—Esperaba hablar contigo.

—Luego iremos a verle —añadió Ames—. No debes preocuparte. Y a ese abogado y a los hermanos de tu esposo les vamos a arrastrar. Debe tratarse de una falsificación.

—El juez dice que tiene dudas. Que habrá que demostrarse. La firma parece de mi esposo. La fecha es posterior al que figuro como heredera única —aclaró Liz.

—Al falsificar tenían que pensar en la fecha. No iban a cometer ese error.

—No me gusta la actitud del juez... —añadió Liz—. Dice que sí es una falsificación está muy bien hecha.

—Si es que hay juicio, no se hará aquí, sino en el condado.

—Antes de que hagas nada aquí, vete a Santa Fe al Registro General. Y te informas de ese abogado.

—Es lo que haré. Tampoco iré a ver al juez.

—Yo hablaré con él mientras realizas ese viaje

—agregó Monty—. Y si este juez se ha puesto de acuerdo con esos parientes de Liz, le voy a dejar colgado. No soporto a los cobardes ventajistas, pero si éstos son autoridad, es mucho peor.

—Le habrán ofrecido una alta cifra.

—Es sin duda el que ha planeado la forma de quitar esta propiedad a Liz.

—Es posible. Pero lo que va a conseguir es una sólida cuerda —exclamó Monty.

Ames se marchó a Santa Fe. Monty visitó al juez. Se saludaron con amabilidad ambos y el juez dijo:

—¿Y su hermano...?

—Ha tenido que ir a Santa Fe... Debe ver al gobernador y al fiscal por todo lo que ha sucedido en Boswell.

—¿Qué ha pasado al fin con esos detenidos?

—Han sido colgados. Y el abogado Dunham con ellos.

—¿El abogado...?

—Se ha confirmado que es un asesino. Mandó asesinar a un detenido en El Paso para que no pudiera declarar, cosa que pensaba hacer. Ordenó que mataran a dos compañeros míos que iban en una diligencia para escuchar la declaración de ese detenido que también había sido asesinado.

—Tenía buena fama en Santa Fe...

—Sin embargo, se ha demostrado que era lo que acabo de decir.

—Será una sorpresa. ¿Les han colgado sin pasar por la Corte?

—¿Para qué perder tiempo y trabajo...?

—No le gustaría al fiscal.

—Mi hermano lo justificará. Por eso ha sido a Santa Fe. ¿Qué pasa con la viuda? Me ha hablado de un nuevo testamento.

—Sí. De eso quería hablar con él.

—¿Está registrado en este juzgado...?

—No. Pero lo justifica el abogado que lo poseía porque ha estado fuera del territorio.

—Se debió registrar al momento de redactarse,

¿no es así?

—Pero si el depositario estuvo fuera...

—No importa. Los testamentos se registran al momento de ser extendidos.

—No es necesario registrar. La mayoría se abren cuando muere el testador que suele conservarlos hasta su desaparición.

—Pero los que se entregan a una tercera persona...

—Lo mismo. Se suelen depositar con el ruego de que se haga saber su voluntad una vez muerto.

—El que deja heredera a Liz, ¿estaba registrado...?

—Sí... Ese se registró por orden de él al parecer. Lo trajo en persona a este juzgado

—¿Y considera que es lógico, siendo abogado como era, que el segundo testamento que anulaba al anterior, no lo registrara como hizo con el primero y lo entregara a un abogado que no es de este pueblo ni del condado...?

—Sospecho que pueda ser una falsificación, pero habrá que demostrarlo. Y la firma del muerto, es exacta a la que hay en el otro testamento.

—¿Está escrito por el interesado...?

—No. Pero su firma...

—¿Y el otro...?

—De puño y letra del muerto.

—No creo que deba admitir ese engaño de las parientes del fallecido esposo de Liz.

—Es que ante la corte, el jurado va a dudar al ver la firma.

—Los peritos calígrafos encontrarán algún fallo en esa firma. Ya lo verá. Hablaremos con el juez del condado.

—Es un asunto local. Corresponde a este juzgado.

—Pero como está dentro del condado de Roswell, será el que lo aclare.

—Sería una humillación para mí.

—¿Cuánto le han ofrecido por esta comedia y

falsificación...? ¿Fue idea suya?

Se levantó el juez de un salto sin color en el rostro.

—No consiento...

—¡Siéntese, cobarde...! —Dijo Monty con el «Colt» en la mano—. ¿Cuánto le han ofrecido? Y no se haga ilusiones. ¡Le voy a matar!

—¡No...! ¡No me mate...! —decía temblando el juez.

—¿Cuánto...?

—¡Veinte mil dólares...! Reconozco que me cegó la ambición... Cuando termine de juez no me quedará para vivir. Y tengo deudas que no puedo pagar en la forma que me exigen. Creo que merezco un buen castigo. He perdido la cabeza y...

Cuando tenía la mano en el cajón, disparó Monty sobre él.

Entró el secretario que había estado oyendo desde su despacho por estar la puerta entornada.

—Mire lo que hay en ese cajón... Hablaba de unas deudas...

—Le he estado escuchando.

Se acercó el secretario y al apartar el cadáver, vio que en la mano tenía un «Colt» empuñado.

—¡Qué cobarde! ¡Me iba a asesinar! Me estaba confiando al confesar que la ambición le había hecho perder la cabeza. Y estaba dispuesto a asesinarme.

—Le he hablado de que no se debía admitir ese testamento... Pero dijo que no podía negarse a ello porque estaba presentado de forma legal por un abogado.

La noticia de esta muerte, que se extendió por la población, hizo que los Pastrys se asustaran... Porque el secretario del juzgado hizo saber que la discusión fue por el falso testamento que el juez quería hacer valer... Y añadió que el juez había confesado que le ofrecieron veinte mil dólares.

La esposa de Max Pastrys, a la hora de la comida, dijo:

—Así que habíais ofrecido veinte mil dólares al juez. ¿Cuándo vas dejar de hacer el tonto...? ¿Te das cuenta lo que pasará ahora que el Marshall sabe que tratabais de hacer valer un testamento falso?

—No puede haber dicho eso el juez, porque no es verdad... Como ha muerto ahora pueden decir lo que quieran.

—Te van a arrastrar. Lo triste es, que es justo que lo hagan. Lo mismo a tu hermano.

—¿Es que crees que somos mancos mi hermano y yo?

Ella se echó a reír y añadió:

—En cuanto veas al Marshall frente a ti, vas a correr hasta caer agotado.

—Si se pone pesado, aunque sea el Marshall le voy a arrastrar.

—No presumas de valor frente a mí...

La mujer del otro hermano llamó para hablar con su cuñada. Y la que discutía con su esposo, dijo:

—Me parece que es el Marshall.

El esposo echó a correr para esconderse y decía:

—Dile que no estoy en casa.

Cuando entró la cuñada, reían las dos del miedo que tenía Max.

—Mi esposo está igual de asustado. Supongo que se irá al rancho y no saldrá de allí. Tienen que dejar tranquila a esa muchacha.

—Es lo que estoy diciendo a este tonto.

El domingo, los vaqueros se sorprendieron al ver a Liz vestida de cowboy, con dos armas a los costados.

Se miraban muy sorprendidos entre ellos. Pero no dijeron nada a la patrona.

Los dos cuñados se confiaron ante la pasividad del Marshall. Además, sabían que se había marchado con su hermano.

Esta ausencia les dio el valor necesario para aparecer en el pueblo.

Los dos entraron en el saloon.

Estaban hablando con ganaderos amigos, ninguno de los cuales se atrevía a hablar de lo que había dicho el juez antes de morir. Pero todos lo habían comentado enfadados, lo que habían intentado con ese testamento falso.

Un grupo de vaqueros que estaban hablando entre ellos, enmudecieron al ver entrar a Liz, que llegó frente a los dos hermanos y dijo:

—¿Ya os habéis cansado de hablar de mí y de insultarme...?

No se habían dado cuenta que llevaba un látigo en la mano derecha.

Cuando abandonó el local, los dos hermanos estaban en el suelo, sangrando por las infinitas heridas que tenían en el rostro y en el cuello.

Al ir a atenderles una vez que ella se marchó, se dieron cuenta que los dos estaban muertos.

Mientras tanto, Ames se encontraba en Silver City.

Se habían tenido varias denuncias sobre lo que estaba sucediendo en Silver City con la expoliación de parcelas, por un grupo de asesinos como ocurría en muchas poblaciones del Oeste.

Esto sucedía ante la pasividad de las autoridades por el miedo que sentían hacia esos grupos de asesinos.

Ames no conocía la ciudad. Iba a estar unos días sin decir quién era y sin presentarse a las autoridades. Debía informarse por la misma población. Pensaba que Buchanan sería el jefe de aquellos expoliadores asesinos.

Pidió habitación en el hotel que le dijeron en la estación que era el mejor.

Nadie se fijó en él, excepto en su estatura. Llamó la atención el hecho de no llevar equipaje. Como faltaban solo tres días para las fiestas, pensaron que iba a presenciar o participar en los ejercicios.

Visitó el saloon que vio más concurrido. Estuvo hablando con una de las empleadas. Por ella supo que una de las razones de su visita a ese pueblo había desaparecido. Porque Buchanan había muerto unas dos semanas antes, junto con Peter su antiguo capataz y ahora ayudante. Era eso lo que más le interesaba.

La muchacha le contó, que era un dictador y se dedicaba a la expoliación de parcelas. Él y su ayudante, habían matado a varios que se les enfrentaron. Pero uno de los mineros expoliados, les voló la cabeza con una escopeta, a él y a su ayudante.

Los comentarios que hacían en la población, eran de alegría por esas dos muertes. Y los que fueron colocados en las parcelas expoliadas huyeron asustados.

No había razón ni para saludar a las autoridades, por lo que regresó a Ruidoso para despedirse de las muchachas amigas.

La muerte del juez granuja y de los cuñados de Liz, dieron a ésta tranquilidad. Nadie le molestó a la viuda porque se consideraba que lo que hizo fue muy justo.

Pero Liz, muy cansada por todo lo sucedido, pensaba vender y a regresar a su tierra y con su familia.

También Lynda iba a dejar las tierras en alquiler con un tanto al año, para no tener que vender... Sólo dejaba las casas y dos mil acres de terreno alrededor. De esa forma podría volver cuando quisiera.

Ames volvía a Santa Fe. Y desde allí, marcharía a pasar unos días con sus padres que vivían en Texas y con su hermano, y anunciarles su boda con Lynda.

Monty le esperaba en Austin, donde marchó para informar de lo que había sabido en relación con el mayor Stone. Informó al jefe superior de los rurales.

Al hablar Monty con él, supo que a pesar que hacía bastante tiempo se sospechaba de Stone, para ellos era difícil creer que hubiera mandado asesinar a los compañeros.

El juez de este condado envió a los rurales un informe sobre lo que declararon los tres colgados.

A Monty le molestó que hablaran de expediente y de diligencias legales... Uno de los rurales asesinados en aquella diligencia, era un íntimo suyo. Era partidario de colgarle sin juicio. Pensaba dimitir.

Para el jefe de los rurales fue una sorpresa desagradable saber que el mayor Baker había enviado por correo la renuncia a su cargo y solicitando la baja del Cuerpo. Sabía cuál era la razón de esa actitud. Y al comentarlo con el secretario general, dijo:

—No está de acuerdo en abrir un expediente a Stone. Todos sabemos que asesinó a su amigo Bowler. Lo han confesado ante él los que atracaron la diligencia. Pero no podemos actuar de otra forma...

—Es justo que esté enfadado —dijo el secretario—. También lo estoy yo. Bowler era una gran persona y un buen rural.

Varias semanas más tarde, llegó la noticia a Austin que Monty había matado a Stone en una pelea entre ambos. La pelea fue noble. No había nada contra Monty.

El jefe de los rurales sonreía al conocer la noticia.

Ya no existía la razón por la que el mayor Baker renunció a seguir en los rurales. Pero aún no había sido aceptada su renuncia.

Poco después, el jefe de los rurales llamó a Monty. Le dijo que no había aceptado su renuncia.

Monty Baker, una vez de vengar a su amigo, cosa que siendo rural no habría podido hacer por los reglamentos que tenían, siguió como mayor del Cuerpo.

Su hermano Ames Baker, casado con Lynda siguió como Marshall federal.

No se encontró plata en ninguno de los terreros del condado.

Las minas ya estaban agotadas.

FIN

Lady Valkyrie Colección Oeste

LA MARCA DE TONY JACKSON

MARCIAL LAFUENTE ESTEFANIA

LADY VALKYRIE COLECCIÓN OESTE®
coleccionoeste.com

**¡Visite LADYVALKYRIE.COM
para ver todas nuestras publicaciones!**

**¡Visite COLECCIONOESTE.COM
para ver todas nuestras novelas del Oeste!**

Made in the USA
Columbia, SC
09 June 2025

59158167R00069